글쓰기 싫을 때 읽는 책

글쓰기 싫을 때 읽는 책

마감과 고갈
사이에서 건진   스물네 개의
문장들

북트리거

너무 하고 싶지만 하기 싫을 때

돌아오는 계절이 매번 새삼스러운 것처럼 책을 묶는 일도 그렇다. 서문을 쓰는 일은 또 어떻고. 도저히 가능할 것 같지 않은 이 서문을 과거의 내가 어떻게 썼는지 알아보기 위해, 내가 쓴 책들이 모여 있는 책장을 훑다가 『실패를 모르는 멋진 문장들』이라는 책을 펼쳤다. 거기엔 이렇게 쓰여 있었다.

> 모든 서문은 쓰기 어렵다. 그러나 '실패를
> 모르는 멋진 문장들'이라는 제목을 가진
> 책의 서문은 더 쓰기 어렵다. [1]

한결같다고 해야 할지, 발전이 없다고 해야 할지. 하지만 달라진 건 있다. 지난 2년 동안 나는 매달 한 문장에서 시작해 내 일상으로 흘러들어 갔다가 다시 문장으로 돌아오는 글을 썼다. 그리고 그 글들을 한 권으로 묶는 지금, 나는 아주 분명하게 말할 수 있다. '글쓰기 싫을 때 읽는 책'이라는 제목을 가진 책의 서문은 더더욱 쓰기 어렵다고….

⌒◠◦⌒◦⌒

어려운 일에 도전하기를 즐기는 사람이 있다. 모두 훌륭한 사람들이다. 반면 어려운 일이라면 무작정 미루고 보는 사람도 있다. 나를 포함한 많은 작가들이 그렇다. 이 서문을 쓰기 위해, 그러니까 쓰는 걸 최대한 미루기 위해, 나는 스티븐 프레스필드의 『더 피어오르기 위한 전쟁』(한국어판의 부제는 '날 막아서는 건 늘 나였다; 아무도 모르게 피멍 든 내 안의 전투에서 승리하는 법')을 펼쳤다. 특이하게도 책의 서문을 쓴 건 저자가 아니라, 시나리오 작법의 대부인 로버트 맥기다. 서문은 이렇게 시작한다.

> 스티브 프레스필드는 나를 위해 이 책을 썼다.
> 물론 당신을 위해 쓴 책이기도 하겠지만, 나는
> 그가 특별히 나를 위해 이 책을 썼다고 확신한다.
> 왜냐하면 나는 '미루기' 종목의 올림픽 기록을

보유한 사람이기 때문이다. 나는 미루기 습관에
대해 고민하는 것조차 미룰 수 있는 사람이다.
심지어 미루기 습관에 대해 고민하는 문제를
고민하는 일마저 미룰 수 있는 사람이다. [2]

작가로서 내가 상을 받을 일이 있을까? 잘 모르겠지만, 로
버트 맥기의 올림픽 기록에는 도전해 볼 수도 있겠다는 생각
이 든다.

⌒ ° ⌒ ° ⌒

서문을 쓰기 위해, 그러니까 쓰는 걸 최대한 미루기 위해, 내
가 읽은 책은 또 있다. 제172회 아쿠타가와상을 수상한 스즈
키 유이의 『괴테는 모든 것을 말했다』. 티백 꼬리표에 인쇄
된 괴테의 문장의 출처를 찾아 헤매는 한 독문학자의 이야기
다. 어느 날 그는 괴테가 나오는 꿈을 꾸는데, 거기서 괴테는
말한다. 모든 것은 이미 말해졌고, 우리는 기껏해야 그것을
다른 형식이나 표현으로 되풀이할 뿐이라고. 그리고 이렇게
덧붙인다.

들어가며

"실생활에서 따오든 책에서 따오든 그런 건 아무
상관 없어. 제대로 사용했는지 아닌지, 그것만이
중요하지! 나의 메피스토펠레스도 셰익스피어의
노래를 부른다만, 왜 그게 안 된다는 건가?
셰익스피어의 노래가 그 장면에 딱 들어맞고,
말하고자 하는 바를 속 시원히 말해 주는데 어째서
내가 고생해서 나의 글을 새로 써야 할까?" [3]

여기서 중요한 것은 그 장면에 딱 들어맞는다는 감각이다. 그 감각이 생기는 순간, 인용은 단순한 인용이나 표절이 아니라 또 다른 맥락 속에 오래된 문장을 배치해 새로운 의미를 만들어 내는 일이 된다.

⌒ ° ⌒ ° ⌒

모든 것은 이미 말해졌고, 서문에서 서문 쓰기의 어려움을 토로하는 것도 내가 처음은 아니다. 그런데 내가 그걸 어디서 봤더라? 괴테가 모든 것을 말했는지는 모르겠지만, 내가 아는 대부분의 것은 이승훈 선생님께 배운 것이다. 나는 이승훈 선생님의 책이 꽂힌 책장을 훑으며 몇 권의 책을 펼친

다. 그리고 2005년에 출간된 『이승훈의 현대 회화 읽기』에
서 이런 문장들을 발견한다.

나는 젊은 시절엔 난해한 시를 쓰고 최근엔 나도
뭐가 뭔지 모르는 이상한 시를 쓰는 시인이고
대학에선 현대시론과 시창작론과 문학이론과
비평론을 강의하고 이번 학기엔 탈근대주체 이론을
강의하는 국문과 교수이고 그동안 펴낸 책들은
시집, 시론, 문학론, 비평론, 에세이 등을 포함해
50권이 넘지만 찬찬히 살펴본 일이 없기 때문에
나도 잘 모른다. 이런 내가 처음으로 이런 책을 내는
데에는 몇 가지 이유가 있다. 이유가 있는가? 따지고
보면 무슨 이유는 없고 그동안 무슨 이유가 있어서
글을 쓴 건 아니고 사는 게 가엾어서 혹은 허전하고
불안해서 글을 썼고 지금도 쓴다. 그러므로 이 서문도
서문이라고 할 수도 없고 아니라고 할 수도 없다. [4]

"몇 가지 이유가 있다"고 말한 다음 곧바로 "이유가 있는
가?"라고 되묻고, "따지고 보면 무슨 이유는 없고 그동안 무슨
이유가 있어서 글을 쓴 건 아니고"라고 이어지는 전형적인 이
승훈 선생님의 글쓰기. 내가 너무 사랑하는 흐름이긴 하지만

내가 찾던 문장은 아니고, 나는 몇 권의 책을 더 뒤진 다음에
야 그것을 발견한다. 2001년에 출간된 『현대비평이론』의 서
문이다.

> 책을 쓸 때마다 서문을 쓰지만 이 서문을 쓰기가 여간
> 괴롭지 않다. 서문은 말 그대로 책머리에 나오고,
> 그런 점에서 서문이 먼저이고, 텍스트 혹은 내용은
> 다음이다. 그러나 나는 지금 내용을 먼저 쓰고
> 서문을 쓴다. 그렇다면 후문이라고 해야 하는가?
> 물론 정문으로 들어갈 수도 있고 후문으로 들어갈
> 수도 있다. 우리 학교는 후문이 많고, 그렇다면 이
> 책에도 후문을 여러 개 써야 하는가? 나는 지금
> 알레르기성 비염으로 고생이다. 처음엔 감기인 줄
> 알고 약방에서 약만 사 먹다가 병이 더 악화되었다.
> 그러니까 처음이 중요하다. 서문이 중요하다. [5]

내가 국문과에 진학한 건 거창한 이유가 있어서는 아니었
다. 하지만 처음으로 들은 전공 수업이 이승훈 선생님의 '현대
비평입문'이었고, 그것은 내가 계속 학교를 다닐 이유가 되어
주었다. 그 수업의 교재가 바로 이 책이었다.

그 후로 나는 졸업할 때까지 매 학기 선생님의 수업을 들

었다. 선생님은 출석을 부를 때면 내 이름을 건너뛰셨는데, 당연히 왔을 거라는 게 이유였다. 반대로 학생들에게 질문을 던질 때면 꼭 내 이름을 부르셨는데, 이유를 굳이 찾자면 내가 대답을 건너뛴 적이 한 번도 없다는 것 정도일까? (이건 자랑이고, 자랑이라는 것을 분명히 밝히기 위해 물음표도 붙였다. 그리고 이 책에는 더 이상 자기 자랑이 나오지 않는다.)

선생님께는 많은 것을, 어쩌면 지나치게 많은 것을 배웠지만, 가장 기억에 남는 것은 시 창작 수업 시간에 해 주신 말씀이다. 어느 날 내가 쓴 시를 발표하는 것을 들은 선생님은 다정하게 웃으며 내게 말씀하셨다. "금정연은 시는 쓰면 안 되겠다."

그래서 나는 시는 쓰지 않고, 대신 시를 제외한 거의 모든 글을 써 왔는데, 25년 만에 이 서문을 다시 읽으며 나도 모르게 웃음이 나는 것은, 내가 선생님께 시는 배우지 못했지만 글 쓰는 법을 배우긴 했구나, 하는 생각이 들어서다. 서문에서 후문으로, 후문에서 비염으로, 비염에서 감기로, 감기에서 다시 서문으로 돌아오는 의식의 흐름이라고 할까, 환유로 이어지는 글쓰기라고 해야 할까. 이 책에 실린 내 글들도 그렇게 쓰였다. 야구에서 글쓰기로, 글쓰기에서 호구가 될까 봐 두려운

들어가며

마음으로, 거기서 다시 책으로. 하나의 문장에서 시작해 엉뚱한 곳으로 흘러가다가, 어느 순간 처음으로 돌아와 있는 글.

⌒○⌒○⌒

나는 프리랜서 작가고 그동안 펴낸 책들은 서평, 에세이, 일기, 강연록, 소설, 인터뷰 등을 포함해 10권 내외로 잡다하지만, 내가 제목을 붙인 책은 정지돈 작가와 함께 쓴 『문학의 기쁨』을 제외하면 한 권도 없다. 그런데 이 책의 원고들을 다시 한 번 훑어보는 동안 자연스럽게 '글쓰기 싫을 때 읽는 책'이라는 제목이 떠올랐다. 원고를 쓰기 싫어질 때면 나는 책을 펼쳤고, 책에서 발견한 문장을 실마리 삼아 더듬더듬 글을 썼다. 그러니 제법 정직한 제목인 셈이다.

　폴 기오의 『킬 더 도그』 또한 이 서문을 쓰기를 미루기(다시 말해, 쓰기) 위해서 펼친 책들 중 한 권이다. 거기서 기오는 만약 어떤 프로 작가가 "나는 글 쓰는 게 싫어."리고 말하거든 그 사람을 한 대 때려도 좋다고 한다. 많은 작가가 자신은 글쓰기를 싫어한다고 말하지만 그것은 사실이 아니라고, 정말로 글쓰기가 싫다면 다른 일을 했을 거라고, 세상에는 글쓰기보다 훨씬 쉽고 경제적 안정성을 보장하는 일이 많다고. 그 말은 맞다. 나도 정말 글쓰기가 싫었다면 이 일을 16년 동안이나 하고 있지는 않을 것이다.

그러니 내가 싫다고 말하는 건 글쓰기 자체가 아니라 기오가 말하는 글쓰기의 주변부일 가능성이 높다. 마감과 수정과 거절과 기다림. 혹은 글을 잘 쓰기 위해 들여야 하는 고통. 폴기오는 덧붙인다. 글쓰기는 글을 못 쓰는 사람보다 잘 쓰는 사람에게 더 어렵다고. 토마스 만도 비슷한 말을 했다. "작가란 글쓰기가 남들보다 더 어려운 사람이다."

내가 글을 잘 쓰는 사람이라는 말이 아니다(다시 말하지만, 이 책에 자기 자랑은 딱 하나 뿐이다). 다만 오래 쓴 사람인 건 맞다. 그리고 오래 쓸수록 어려워진다는 것도 안다. 처음에는 몰라서 못 썼다면, 나중에는 알아서 못 쓰게 된다. 아무것도 쓰지 못한 채 하루가 간다. 그런 날이 쌓이면 글쓰기가 싫어진다. 정확히 말하면, 글을 쓰지 못하는 자신이 싫어진다.

그럴 때 나는 책을 펼친다. 거기서 문장을 발견한다. 그 문장이 내 마음의 빈 공간에—비어 있는지도 몰랐던 공간에—들어맞는다. 그러면 다시 쓸 수 있게 된다. 이 책에 실린 글들은 2023년 1월부터 2024년 12월까지 2년 동안 《고교 독서평설》

들어가며

에 연재한 것들이다. 매달 책에서 한 문장을 골라 거기서 출발해 내 일상으로 걸어 나가는 방식이었다. 내가 읽은 문장이 내 생활에 새로운 맥락을 만들고, 그것은 다시 내가 읽은 문장에 새로운 맥락을 덧입힌다. 어떤 달에는 '그래도 오늘은 한 문장이라도 쓰자'는 다짐으로 끝나고, 어떤 달에는 '오늘은 아무것도 못 쓰겠다'는 좌절로 끝난다. 매번 다짐과 좌절 사이에서 방황하는 사람이 나 하나뿐은 아닐 것이다. 그러니 이 책이 당신을 위한 책처럼 느껴졌으면, 당신이 무언가를 너무 하고 싶지만 하기 싫을 때 펼치는 책이 되었으면 좋겠다.

⌒｡⌒｡⌒

글을 쓰기 위해서는 책을 덮어야 하는 순간이 온다. 그렇다면 글을 쓰기 싫어 책을 펴는 순간이 있는 것도 자연스럽다. 그런 순간들은 가고, 또 온다. 마치 계절처럼.

2026년 3월

금정연

3부

어쩌긴 뭘 어째 계속…

사는 건 어렵다

일러두기

1. 본문에 책, 영화, 음악 등의 제목과 병기된 발표 년도는 원작 기준입니다. 단행본의 한국어 번역본 서지 정보는 후주에서 확인할 수 있습니다.

2. 단행본 제목은 『』, 기사·짧은 글 제목은 「」, 정기간행물·음반 제목은 《》, 영화·음악·웹소설·TV프로그램 제목은 〈〉로 표기하였습니다.

야구의
무서움

무서움.
타격은 야구의 가장 기본적인 행위이며 타격을 말할 때에
가장 먼저 꺼내 들어야 할 화두가 바로 무서움이다.

– 레너드 코페트, 『야구란 무엇인가』[1]

미국의 전설적인 야구기자 레너드 코페트는 『야구란 무엇인가』(1991)를 무서움에 관한 고찰로 시작한다. 시속 140킬로미터가 훌쩍 넘는 투수의 공은 그 자체로 미사일이나 다름없다. 그런 공에 팔꿈치나 손목, 얼굴 등을 맞으면 아픈 건 물론이고 최악의 경우 목숨을 잃을 수도 있다. 그러므로 타자는 타석에 들어설 때마다 '최선을 다해 공을 때리려는 욕망'과 '피하려는 본능의 억제' 사이에서 싸운다는 것이다. 그럴듯한 이야기다. 야구 경기를 볼 때마다 응원하는 팀이 이기기를 바라는 마음과 지고야 말 것 같다는 예감, 때로는 확신 사이에서 끊임없이 흔들리며 괴로워하는 오래된 야구 팬의 입장에선 더더욱.

　지난 포스트시즌을 볼 때도 그랬다. 29년 만의 우승에 도전하는 LG 트윈스의 21년 만의 한국시리즈. 그토록 기다려 왔던 순간이지만 공교롭게도 경기가 열리는 날마다 선약이 있었는데, 이제 와 생각하면 그건 일종의 회피가 아니었을까 싶기도 하다. 경기를 보고 있을 자신이 없어서 무의식중에 약속을 잡은 건 아닌지 하는 생각이 뒤늦게 드는 것이다.

그런데 졌다

첫 번째 경기가 열린 날엔 출판사 사람들과 저녁 약속이 있었다. 약속 장소를 향하며 휴대전화로 야구 중계를 보는데, 초조한 나머지 버스를 탈 정신도 없어서 한 시간 가까운 거리를 무작정 걸었다. 날이 추워서 손이 곱았다. 하지만 내 손보다는 선발투수 케이시 켈리가 추위에 약한 게 더 걱정이었다.

아니나 다를까. 시작하자마자 사구와 실책으로 선취점을 내줬다. 다행히 이어진 공격에서 곧바로 2점을 뽑으며 역전에 성공했지만, 2회 초에 다시 실책과 안타로 무사 1·2루 실점 위기에 몰렸다. 몸이 덜덜 떨렸다. 추위 때문인지 무서움 때문인지는 모르겠다. 얼마든지 막을 수 있다는 낙관과 추가점을 내주고야 말 거라는 비관이 마음속에서 마구마구 뒤섞이는 와중에 타자가 번트를 댔다.

힘없이 데굴데굴 굴러가는 공을 포수가 잡아 3루로 던진다. 원 아웃. 곧바로 공이 1루로 뿌려지며 투 아웃. 이 혼란을 틈타 3루를 노리던 주자가 잡힌다. 쓰리 아웃.

일찍 도착한 약속 장소 앞을 빙빙 돌던 나는 그제야 한결 가벼운 마음으로 식당에 들어갔다. 한국시리즈 역사상 두 번째 트리플플레이(세 명의 주자를 아웃시키는 일)를 하며 분위기를 가져왔는데 설마 지기야 하겠냐고 생각하면서.

그런데 졌다. 그것도 9회 초, 믿었던 마무리 투수가 점수를 허무하게 내주면서. 역대 한국시리즈 1차전 승리 팀의 우승 확률은 74.4퍼센트라고 한다. 눈물이 났다.

벼락같은 역전 투런

두 번째 경기가 열린 날은 함께 책을 읽고 글을 쓰는 워크숍이 있었다. 지하철을 타고 6호선 녹사평역으로 향하며 휴대전화로 야구 중계를 보는데, 시작하자마자 4점을 후루룩 내줬다. 결국 1회를 끝내지도 못하고 강판한 선발투수. 지하철에서 내려 가파른 해방촌 언덕을 올라가는데 속에 열이 나서 힘든 줄도 몰랐다. 워크숍이고 뭐고 그냥 이대로 아무 술집으로 도망치듯 들어가 나를 잊고 세상도 잊고 싶었다. 하지만 나는 서점에 들어갔고, 휴대전화를 끄고서 워크숍을 진행했다. 내가 무슨 말을 하는지도 모르면서….

두 시간 뒤, 나는 떨리는 마음으로 휴대전화를 켜서 점수를 확인했다. 7회 말이었고, 놀랍게도 추가 실점을 하지 않은 채 3점을 내며 한 점 차로 따라잡고 있었다. 이어진 8회 초를 실점 없이 막고 8회 말이 되었다. 선두 타자가 볼넷으로 출루했고 다음 타자가 번트를 대며 주자를 득점권에 보냈다. 제발 안타 하나만 치길, 한 점만 나길 기도하고 있는데 웬걸, 박동원이 특유의 풀스윙으로 때린 초구가 그대로 담장을 넘겼다. 벼락같은 역전 투런.

버스 정류장 벤치에 앉아 버스를 기다리던 나는, 나도 모

야구의 무서움

르게 펄쩍 뛰며 허공을 향해 주먹을 뻗었다. 주변에 사람이 있을지도 모른다는 생각 같은 건 들지도 않았다. 적어도 그 순간만큼은 그랬다.

인생에 대해 알아야 할 전부

야구와 전혀 상관없는 미국 작가 대니 샤피로의 『계속 쓰기: 나의 단어로』(2013)도 야구에 관한 문장으로 시작한다.

> 야구 경기에서 인생에 대해 알아야 할 전부를 배울
> 수 있다는 말을 들은 적이 있다. 딱히 스포츠 팬이
> 아닌 나는 이 말이 사실인지는 모르지만, 진심을 다해
> 꾸준히 글을 쓰려고 노력하면 인생에 대해 알아야 할
> 전부를 배울 수 있다는 비슷한 철학을 갖고 있다.
> 적어도 내 경우에는 그랬다.[2]

처음에 나는 이 문장이 너무 과장됐다고 생각했다. 책을 읽으면 인생이 바뀐다느니 글쓰기가 우리를 절망에서 구원한다느니 하는, 얼핏 듣기엔 그럴듯하지만 다시 생각하면 고개를 갸웃하게 만드는 뻔한 말들처럼.

어떤 읽기는 어떤 사람의 인생을 바꿨을 수도 있다. 그리고 어떤 쓰기는 어떤 사람을 절망에서 구원했겠지. 하지만 그건 음악 감상이나 달리기나 지렁이 관찰하기도 마찬가지다. 실제로 생물학자 찰스 다윈은 따개비를 관찰하며 생의 8년을 보냈다. 예컨대 상상할 수 있는 거의 모든 행위가 우리를 바꾸고 또 구할 수 있다는 말이다. 저마다 확률은 다를지라도.

그렇다고 해서 읽기나 쓰기가 특별히 확률이 높은 것도 아니다. 대부분의 읽기는 인생을 바꾸지 않고 쓰기 또한 웬만해선 우리를 절망에서 구원해 주지 않는다. 심지어 어떤 읽기나 쓰기는 인생을 더욱 나쁘게 만들며 우리를 절망의 구렁텅이로 밀어 넣기도 한다.

야구 경기와 진심을 다해 꾸준히 글을 쓰려는 노력에서 인생에 대해 알아야 할 전부를 배울 수 있다는 말도 마찬가지다. 일단 그게 꼭 야구와 글쓰기에서만 배울 수 있는 건지 의문이 든다. 바둑과 탁구와 〈리그 오브 레전드〉와 그 밖의 많은 것에서도 같은 걸 배울 수 있지 않을까? 그렇다면 그건 일종의 기만 아닌가?

나는 30년이 넘도록 같은 팀을 응원해 온 오래된 야구 팬이고, 15년 가까이 '진심을 다해 꾸준히 글을 쓰려고 노력'하며 실제로 글을 써 온 직업적인 작가다. 그런데 왜 나는 인생에 관해서 아는 게 하나도 없는 것처럼 느껴지지?

그러니까 내 말은, 2023 프로야구 포스트시즌을 보기 전까지는 그렇게 생각했다는 말이다.

무서움은 늘 거기에 있다

2차전에서 극적인 역전승을 거두며 승부를 원점으로 되돌린 LG 트윈스는 3차전에서 역전에 재역전을 거듭하는 엄청난 공방 끝에 신승을 거뒀다. 그리고 여세를 몰아 2승을 더하며 29년 만의 우승을 이루었다. 열 살에 첫 번째 우승을 보고 열네 살에 두 번째 우승을 볼 때까지만 해도 세 번째 우승을 보기 위해 이렇게 많은 시간이 필요할 줄은 미처 몰랐다. 내가 마흔 살이 넘은 아저씨가 될 줄도 몰랐고.

그렇지만 야구 경기와 글쓰기에서 인생에 대해 알아야 할 전부를 배울 수 있다는 문장을 통해 대니 샤피로가 하려고 했던 말이 무엇인지는 이제 조금 알 것도 같다.

야구 경기에서 인생에 대해 알아야 할 전부를 배울 수 있다는 말은 야구를 사랑하는 사람이 하는 말이다. 진심을 다해 꾸준히 글을 쓰려고 노력하면 인생에 대해 알아야 할 전부를 배울 수 있다는 말은 글쓰기를 사랑하는 사람의 말이다. 중요한 점은 어떤 것을 사랑하는 일이고 배움은 그다음이다.

흔히 야구를 확률 게임이라고 한다. 하지만 어떤 팀은 전체 팀 가운데 절반이 진출하는 50퍼센트 확률의 포스트시즌에 10년 연속 진출하지 못했고, 반대로 한국시리즈 1차전에 뼈아픈 역전패를 당한 뒤 25퍼센트의 확률을 뚫고 우승하기도 한다. 오해하면 안 된다. 우승은 물론 기쁜 일이지만, 그렇다고 해서 우승이 절대적인 건 아니다. 인생을 바꾸기 위해 책을 읽는 게 아니고, 절망에서 구원받기 위해 글을 쓰는 게 아닌 것처럼. 우리가 응원하는 팀이 우승할 수도 있고 아닐 수도 있다. 심지어 29년 동안 우승하지 못할 수도 있지만, 어쨌든 우리는 계속해서 응원한다. 기대하고, 실망하고, 마음 졸이고, 간절히 바라고, 기쁨과 슬픔을 느끼고, 다시 안 볼 것처럼 돌아섰다가도 끝내 돌아보면서. 글을 쓰는 일도, 인생을 살아가는 일도 결국 비슷한 게 아닐까?

하지만 지금 내가 이런 글을 쓸 수 있는 것도 결국 LG 트윈스가 우승했기 때문이라는 사실은 부정할 수 없다. 만약 2차전을 역전하지 못했다면, 그래서 올해도 우승하지 못했다

야구의 무서움

면…. 휴, 상상만 해도 식은땀이 흐른다.

　그러니 레너드 코페트의 말이 맞는다. 야구에 관해 이야기할 때 우리는 무서움을 빼놓고 말할 수 없다. 그리고 그건 글쓰기도 마찬가지다. 무서움은 늘 거기에 있다. 하지만 무서움 뒤에는 다른 많은 것도 있다. 어쩌면 인생에 대해 알아야 할 건 그게 전부인지도 모른다.

어떤 호구가 될 것인가?

내가 생각하기에 우리는 호구가 되기 너무 싫어하는 나머지,
호구가 되는 것보다 훨씬 더 큰 피해마저도 감수하려 한다.
사람들이 그런 식으로 기꺼이 감수하는 피해의 양은 가끔 보면
기가 질릴 정도이다. 내 생각에는 그냥 호구가 되는 것이 낫다….

– 강보원, 『에세이의 준비』[3]

늘 그렇듯 할 일이 많은 날이었다. 메일에 답장하고, 참고 자료를 읽고, 강의계획서를 작성하고, 원고, 무엇보다 원고를 써야 했다. 마감 시한을 넘긴 지 오래지만, 아직 주제도 정하지 못했다. 하루가 36시간이라도 모자랄 지경이었다. 그러나 나는 바쁘게 키보드를 두드리는 대신, 멍하니 스마트폰을 들여다볼 뿐이었다.

딱히 직업윤리가 마비돼서가 아니다(조금 저하되었을 수는 있

어떤 호구가 될 것인가?

다). 일의 무게에 짓눌린 것도 아니다(정확히 말하면 늘 짓눌려 있다). 어쩌면 번아웃인지도 모르겠지만, 그보다는 두려움이 더 컸다. 그렇다. 나는 한 통의 전화를 해야 했고, 그게 나를 미치도록 두렵고 초조하게 만들었다.

누군가에게 나쁜 소식을 전하는 전화가 아니다. 중요한 시험의 합격 여부나 심각한 병의 검사 결과를 확인하는 전화도 아니다. 싫어하는 사람에게 억지로 하는 전화도, 그렇다고 짝사랑하는 사람에게 고백하는 전화도 아니다. 얼마 전에 와서 견적을 내고 돌아간, 미국 영화감독 짐 자무시를 닮은 시공업자에게 베란다 방수 공사를 의뢰하는 전화다.

한때 나는 패스트푸드점에서 음식을 주문하는 걸 어려워하는 10대였다(솔직히 말하면 서브웨이에서 샌드위치를 주문하는 건 여전히 어렵다). 시간이 흘러 나는 식당에서 종업원을 부르며 반찬 더 달라고 말하기를 쑥스러워하는 20대가 되었고, 옷 가게에서 점원이 말 거는 걸 부담스러워하는 30대를 거쳐, 마침내 어지간한 일에는 눈도 깜빡하지 않는 늙고 지친 40대가 되었다. 한마디로 아저씨, 진짜 아저씨 말이다. 그런데 고작 그런 전화가 두렵다고? 이래서야 기껏 아저씨 된 보람이 없는데.

호구가 되는 게 낫지 않나?

처음에는 나도 스스로가 잘 이해되지 않았다. 두려운 건 방수 공사가 아니라 베란다를 통해 아랫집 천장에 물이 새는 지금 상황이 아닐까? 벌써 전화해서 한시라도 빨리 공사를 시작해 달라고 사정했어야 하는 게 아닐까? 그게 맞는다. 그렇지만 좀처럼 그럴 수가 없다. 호구가 될까 봐서. 나 잡수시오- 하며 자청해서 호랑이의 입에 머리를 집어넣는 건 아닌가 하는 생각에 도무지 통화 버튼을 누를 수가 없는 것이다.

일단 견적이 다른 곳에 비해 두 배 가까이 비싸다. 물론 공사의 범위가 두 배 이상으로 넓긴 하다. 바닥을 들어내건 그 위에 뭔가를 덧씌우건 바닥 면만 시공하는 견적을 낸 다른 업체들과 달리, 이 업체는 벽 내부로 새어 들어오는 물을 잡아야 한다며 벽과 바닥면 사이를 파내는 공사까지 해야 한다고 주장했다. 그럴듯한 말이었다. 문제는 그 말이 맞는지 판단할 능력이 내게 없다는 사실. 공사비를 부풀리기 위해 나를 속이는 거면 어떡하지? 괜히 벽을 파서 다른 문제가 생기면 어떡하지? 다 헤집어 놓은 다음 예상보다 일이 크다는 이유로 돈을 더 달라고 하면 어떡하지? 기타 등등. 그런 생각이 나를 두렵게 만들고 옴짝달싹할 수 없게 했다.

어떤 호구가 될 것인가?

언젠가 강보원은 우리가 호구 되기를 너무 싫어하는 나머지 호구가 되는 것보다 훨씬 더 큰 피해마저 감수하려 한다며, 그럴 거면 차라리 그냥 호구가 되는 게 낫다고 썼다. 나는 그 말에 전적으로 동의한다. 적어도 그 글을 처음 읽은 순간에는 그렇게 생각했다. 메일에 답장도 못 하고, 참고 자료도 못 읽고, 강의계획서도 못 짜고, 마감 시한을 넘긴 원고도 못 쓰고, 물이 새는 베란다도 그대로인 채로 시간만 보내는 것보다는 호구가 되는 게 훨씬 낫지 않나? 그래도 호구가 되는 건 싫지만….

내가 감수할 만한 가치가 있는 위험이 무엇인지

호구가 되는 것—정확히 말하면 호구가 될지도 모른다는 상상—이 왜 그렇게 두려운지 모르겠다.

미국 법학자이자 심리학자 테스 윌킨슨 라이언은 『호구의 심리학』(2023)에서 "호구 공포증은 근본적으로는 '내가 바보가 되면 어쩌나 하는 두려움'"이라고 말한다. 정확히 말하면 바보가 되어 물질적이거나 심리적이거나 사회적인 손해를 보면 어쩌나 하는 두려움이다.

과거의 내가 패스트푸드점에서 음식을 주문할 때나 식당에서 반찬 더 달라고 말할 때, 옷 가게에서 점원이 말을 걸 때 바보처럼 보일까 두려웠던 건 맞지만 호구가 될까 봐(어떤 유형의 손해를 볼까 봐) 두려워하던 건 아니었다. 하지만 지금 나는 바가지를 쓰고 마음의 상처를 입고서 멀쩡한 벽을 파내 일을 더 키웠다며 빌라 사람들의 비난을 받을까 봐 두렵다. 이런 생각을 하는 것만으로 이미 영락없는 호구가 되어 버린 기분이다.

돌아보면 이런저런 징후들이 있긴 했다. 한때 나는 버스 정류장에서 뒤쪽에 서 있다가 다른 사람이 다 탄 뒤에 타는 사람, 붐비는 지하철에서 자리가 나도 굳이 먼저 앉으려 하지 않는 사람, 식당에서 뒤에 온 사람보다 음식이 늦게 나와도 아무렇지 않은 사람이었다. 그런데 어느 순간부터 누가 내 앞에 끼어들면 기분 나빠 하는 사람, 빈자리가 보이면 잽싸게 앉는 사람, 뒤에 온 사람보다 음식이 늦게 나오면 뭐라고 말은 안 해도 속으로 신경 쓰는 사람이 되었다. 와, 이렇게 쓰고 보니 되게 별로네 나. 어쩌다 이렇게 됐지?

그래서 『호구의 심리학』을 읽었다. 라이언은 호구 되기를 두려워하는 마음은 보편적이지만, 과도한 두려움은 개개인의 삶을 경직되게 할 뿐 아니라 더 나쁜 사회를 만든다고 주장

어떤 호구가 될 것인가?

한다. 라이언은 쓴다.

> 호구가 될까 두려워서 어떤 일에 발을 들이지
> 않고 물러난다면 좋은 기회를 놓칠 수도 있고,
> 협력하기를 멈출 수도 있으며, 도움이 필요한
> 이들에게 너그러이 베풀던 친사회적 욕구조차
> 억눌릴 수 있기 때문이다. 혹시라도 호구 잡힐까
> 불안한 마음에 후퇴하려는 경향은 의료보험,
> 복지, 이민 정책 등에도 영향을 끼친다.[4]

우리는 자기보다 사회적인 지위가 높은 사람들, 힘 있는 사람들이 아무리 부당하게 이득을 취하더라도 그것을 속임수로 인식하지 않는다고 라이언은 말한다. 그것을 속임수로 인식하면 우리는 매 순간 호구가 된 기분으로 살아가야 하는데, 사실상 그렇게 평생 살아갈 수 있는 사람은 아무도 없기 때문이다. 대신 사람들은 시선을 아래로 돌려 자신보다 힘이 없는 사람들이 속임수를 써서 부당한 혜택을 받지는 않나 감시하며 가상의 '강자를 바보로 만드는 약자'를 향해 비난을 퍼붓는다. 슬픈 일이다. 권력자들이 사람들의 호구 공포증을 자극하고 그를 통해 불평등한 체제를 유지할 뿐 아니라 더욱 공고히 한다는 것을 생각하면 더욱 그렇다.

어쨌거나 세상이 속임수와 기만으로 넘쳐 나는 건 사실이다. 누구도 모든 속임수를 피해 갈 수 없다. 그렇다고 해서 세상이 속임수와 기만만으로 가득한 건 또 아니다. 그러니 속을까 봐 막연히 두려워할 게 아니라 내가 감수할 만한 가치가 있는 위험이 무엇인지, 내가 지키고 싶은 가치는 또 무엇인지를 정립하는 것이 중요하다. 다시 말해 "진짜 중요한 문제는 '우리가 호구가 될 것이냐 아니냐'가 아니라 '어떤 호구가 될 것이냐'"라는 것이다. 무척 재밌고 유익한 책이다. 여러분도 꼭 한 번 읽어 보시길.

실제로 호구가 되면 벗어날 수 있지 않을까?

아, 그래서 방수 공사는 어떻게 하기로 했냐고? 결국 전화를 걸어 다음 주에 공사하기로 했다. 그런 다음에야 비로소 메일에 답장하고, 참고 자료를 읽고, 강의계획서를 작성하고 원고, 바로 이 원고를 쓰기 시작할 수 있었다. 중간쯤 썼을 때 무심코 시공업체 이름을 포털 사이트에 검색했다가 해당 업체가 악덕 업체에 사기꾼이라며 비난을 쏟아 내는 포스팅을

어떤 호구가 될 것인가?

발견하기도 했지만…. 와, 이러다가 나 진짜 호구 되는 거 아
냐?

한때 무라카미 하루키와 함께 '쌍 무라카미'로 불렸던 일
본 소설가 무라카미 류는 『고흐가 왜 귀를 잘랐는지 아는가』
(1993)에서 이렇게 썼다.

> 파일럿의 가장 큰 불안은 비행기가 추락하면 어떡하나
> 하는 것이다. 알코올을 많이 하는 사람의 가장 큰
> 불안은 알코올중독자가 되면 어떡하나 하는 것이다.
> 그러나 파일럿은 실제로 비행기를 추락시킴으로써,
> 알코올을 많이 하는 사람은 실제로 알코올중독자가
> 됨으로써 그 불안에서 벗어날 수 있다.[5]

결국 '호구가 되면 어떡하나?' 하는 두려움도 실제로 호구
가 되면 벗어날 수 있지 않을까? 어떤 호구가 될지는 아직 결
정하지 못했지만….

돈 걱정은
하는 게 아니다

돈 걱정을 해서는 안 돼요.
이게 다예요.

– 마르그리트 뒤라스, 『이게 다예요』[6]

프랑스 소설가 마르그리트 뒤라스는 세상을 떠나기 1년 전에 남긴 일기 같기도 하고 시 같기도 하고 어린 연인에게 남기는 편지 같기도 하고 유서 같기도 한 마지막 작품 『이게 다예요』(1995)에서 이렇게 말한다. 돈 걱정을 해서는 안 된다고, 이게 다라고, 이젠 더 할 말이 아무것도 없다고, 100미터만 앞으로 더 나아가자고.

나는 돈 걱정을 하지 않는다. 다만 내 걱정을 할 뿐이다. 그

돈 걱정은 하는 게 아니다

리고 내게는 돈이 없다. 그래서 그런가? 나는 걱정할 게 아주 많고, 가끔은 돈도 내 걱정을 좀 해 줬으면 싶은 마음이 들기도 한다. 실은 자주….

스무 살 무렵 내 꿈은 돈을 벌지도 않고 쓰지도 않는 사람이 되는 거였다. 자본주의의 바깥으로 나가기, 나만의 가치(그런 게 있다면)를 찾아 소박한 삶을 살기, 뭐 그런 거. 지금 생각하면 정말로 허무맹랑한 꿈이 아닐 수 없다. 초등학교 시절 전 국민에게 100원씩 받아서 부자가 되겠다는 계획을 세운 적이 있는데, 차라리 그쪽이 더 현실성 있게 느껴질 정도다. 음, 지금이라도 시도해 볼까?

나는 기술 발전을 나의 소비생활로 반복하는 건가?

언젠가 미국 비평가 프레드릭 제임슨은 "자본주의의 종말을 상상하는 것보다 세계의 종말을 상상하는 것이 더 쉽다."라고 말했다. 이제 내게 돈을 벌지도 않고 쓰지도 않는 삶은 일종의 형용모순—마치 '죽어 있는 삶'이라는 표현이 그런 것처럼—으로 들리기만 한다.

자본주의사회를 살아가며 돈 걱정을 하지 않기란 불가능

하다. 돈이 썩어날 만큼 부자가 아닌 이상, 어쩌면 돈이 썩어날 만큼 부자일수록 더욱 돈 걱정을 하는지도 모른다. 그게 바로 자본주의의 비극 아닐까? 자본가들은 소중한 돈이 고여서 썩지 않도록 돈을 굴리면서 투자와 투기의 경계를 넘나들고, 원가를 절감하느라 나쁜 재료를 쓰거나 아파트 철근을 빼먹고, 더 많은 이윤을 위해 사람들을 쥐어짜서 번아웃에 이르게 만들고, 더 많은 부를 세습할 수 있도록 정치권에 로비하고, 그렇게 사회는 점점 더 나빠지고, 어쩌고저쩌고….

미안하다. 나도 모르게 어두운 이야기를 늘어놓고 말았다. 이게 다 돈 때문이다. 정확히 말하면 돈이 없기 때문이라고 해야겠지만.

올해는 연초부터 유달리 돈 나갈 일이 많았다. 먼저 3개월 무이자 할부로 턴테이블을 바꿨다. 코로나 팬데믹 동안 야금야금 모은 바이닐(LP판)이 어느덧 200장을 넘긴 탓이다. '도대체 내가 이걸 왜 샀지?' 하는 후회가 들지 않는 건 아니지만, 기왕 산 바이닐을 활용하기 위해선 턴테이블을 업그레이드할 수밖에 없었다. 적어도 그때는 그렇게 생각했다는 말이다.

어떤 물건을 당장 사지 않으면 안 될 것 같은 마음이 드는 때가 있다. 사실은 필요 없는 물건이라는 걸 잘 알고 있으면

돈 걱정은 하는 게 아니다

서도 사지 않고 배길 수 없는 순간이. 이것도 이제 옛말이지만 한때 '지름신이 내렸다'는 표현이 왜 그렇게 많이 쓰였는지 이해된다. 어떤 초월적인 의지가 내게 임했다고 생각할 수밖에 없는 때가 분명히 있다. 마치 고대인들이 이해할 수 없는 자연현상을 신의 뜻이라고 생각하던 것처럼….

돈에 관한 게 대부분 그렇듯 이어지는 건 뻔한 이야기다. 막상 턴테이블을 사고 나니 다급하던 마음은 언제 그랬냐는 듯 '짜게 식어 버렸다'. (자꾸 옛날 유행어를 써서 미안하다. 한번 시작하니 멈출 수가 없다.) 심지어 몇 번 틀지도 않았다. 커버에서 레코드판을 꺼내 턴테이블 위에 놓은 뒤 회전 버튼을 누르고, 바늘을 올리고, 노래를 듣다가 한 면이 끝나면 얼른 가서 판을 뒤집는 일련의 행위가 너무 귀찮았다. 걸핏하면 휘고 타닥타닥 정전기가 튀는가 하면 먼지가 달라붙기 무섭게 잡음이 나는 바이닐을 관리하는 일도 스트레스다. 심지어 배송될 때 이미 휘어 있는 판도 적지 않은데, 교환이나 환불은 절대 불가. 제조 공정상 빈번하게 벌어지는 일이기에 재생할 때 뚜렷한 문제가 있지 않은 한 일일이 교환·환불을 해 줄 수 없다는 것이 판매처의 입장이다. 이게 말이 되나?

나는 돈도 쓰고 스트레스도 받는 바이닐에 질려 버렸고,

CD로 눈을 돌렸다. 실은 작년 여름부터 그랬다. 바이닐 대신 CD를 사서 듣기 시작한 것이다. 하지만 바이닐에 매몰된 비용이 아까워 더 큰 지출을 하는 실수를 저지르고야 말았으니, 그렇다면 이제라도 CD플레이어를 바꾸자. 듣지도 않는 바이닐 때문에 고급 턴테이블을 샀는데 정작 CD는 당근마켓에서 8만 원 주고 산 구닥다리 CD플레이어로 듣는다면 좀 이상하지 않나? 흠잡을 데 없는 논리. 나는 CD플레이어를 바꿨고 무척 만족했다.

문제는 CD를 계속 사야 한다는 사실이다. 아무리 중고 CD라도 가격 부담이 안 될 수 없고 보관할 공간도 부족했다. 결국 답은 스트리밍인가? 생태학의 창시자인 독일 생물학자 에른스트 헤켈은 "개체발생은 계통발생을 반복한다."라고 했는데, 나는 기술 발전을 나의 소비생활로 반복하는 건가?

갖고 싶은 걸 전부 가질 수는 없다고

때마침 한 홈시어터 정보 커뮤니티에서 중국 거대 쇼핑몰과 연계해 공동 구매를 준비하고 있다는 소식이 들려왔다. '가성비'로 유명한 30만 원짜리 네트워크 플레이어☆를 100대

돈 걱정은 하는 게 아니다

한정으로 17만 원에 판매한다고 한다. 바로 지금 내게 필요한 것이다.

평소 선착순에 소질이 없던 나는 어쩐지 비장한 마음으로 스케줄러에 공동 구매가 시작되는 시각을 입력했다. 마침내 그날이 왔다. 한 시간 전부터 마음의 준비를 하고 있다가 땡, 알람이 울리자마자 해당 상품을 장바구니에 넣고 할인 코드를 입력한 뒤 할인 카드를 선택했다. 그런데 뭐가 잘못된 건지 최종 결제 금액이 17만 원이 아닌 19만 원으로 나왔다. 나는 다른 할인 코드를 넣어 보기도 하고 상품을 다시 담아 보기도 하면서 허둥댔으며, 그러는 사이 선착순은 끝나고 말았다.

차라리 잘된 일인지도 몰라. 사실 결혼 10주년을 기념하는 선물을 사느라 적지 않은 돈을 쓴 상황이었다. 심지어 베란다 방수 공사도 해야 했다. 나이를 먹으며 점점 갖고 싶은 게 많아지는 아이에게 내가 매번 하는 말이 있다. 갖고 싶은 걸 전부 가질 수는 없다고, 참을 줄도 알아야 한다고. 이제 스스로에게 그 말을 들려줄 차례였다.

한동안 아무것도 사지 않고 잘 지냈다. 실은 카드값을 내

☆ 오디오 앰프에 연결해서 음악 스트리밍을 이용할 수 있도록 하는 기기.

느라 다른 걸 살 돈도 없었지만, 그럴 때도 야금야금 사던 책이나 CD도 거의 사지 않았다. 그러던 어느 날 감기에 걸려 일찍 자려는데, 시도 쓰고 사진도 찍고 커스텀 키보드도 만드는 작가 이휜에게 카톡이 왔다. 처음에는 키보드 사진 몇 장이랑 타건 영상만 있어서 '뭐지, 자랑하는 건가?' 했는데, 나를 생각하며 만들어 본 키보드라고 했다. 내가 선호하는 풀 알루미늄 75퍼센트 배열 보드에, 내게 어울릴 법한 키캡과 스위치로 조립했다고. 그렇다고 해서 사라는 건 아니며, 판매 계정에 올리기 전에 내게 먼저 말해 주고 싶었다고 했다. 그런 소리를 듣고 사지 않을 수가 있나? 하물며 타건감은 "조금은 경쾌하게 손끝에 걸리는 맛도 있는… 그러나 완전히 클래키(clacky)하지만은 않은 맛"이라는데? 네트워크 플레이어 공동 구매에 성공하지 못한 게 키보드를 사기 위해서인 것 같다는 생각도 들었다. 비록 가격은 네트워크 플레이어의 두 배가 살짝 넘었지만….

실제로 받은 키보드는 기대보다 더 마음에 들었다. 지금까지 이런저런 기계식 키보드를 써 왔지만 비교하는 게 민망할 지경이었다. 마침 올해 써야 할 책이 몇 권 밀려 있는데, 이 키보드와 함께라면 얼마든지 쓸 수 있겠다는 생각도 들었다. 들

돈 걱정은 하는 게 아니다

었는데….

책을 쓰려면 물리적인 시간이 필요하다. 아무리 좋은 키보드를 쓴다고 해도 그 사실은 변하지 않는다. 변하지 않는 사실은 또 있다. 정확한 이유는 모르겠지만, 내가 책을 쓰는 속도보다 카드 결제일이 돌아오는 주기가 늘 더 빠르다는 것이다. 나는 언젠가 MBC 예능 프로그램 〈라디오스타〉에서 들은 영화감독 장항준의 일화를 떠올리며 둘도 없는 친구에게 문자를 보냈다.

돈이 떨어진 장항준이 윤종신에게 전화를 건다. 종신아, 내가 다음 달에 갚을 건데 한 300만 원만 꿔 줄 수 있어? 윤종신은 평소와 달리 말이 없었고, 한동안 침묵하던 그가 묻는다. 항준아, 우리가 나이가 몇인데 그 돈도 없어? 정말로 이해가 안 된다는 듯이, 혹은 안쓰럽다는 듯이. 그러자 장항준은 산뜻하게 대꾸한다. 응, 없어.

하지만 내 친구는 돈을 빌려 달라는 내 문자에 우리가 나이가 몇인데 그 돈도 없냐고 되묻지 않았으며, 대신 계좌번호를 묻더니 곧바로 돈을 보내 주었다. 피차 나이 이야기를 해 봤자 좋을 게 없다는 걸 아는 나이가 되어 버린 탓일까?

급한 불은 껐지만 그렇다고 문제가 해결된 건 아니었다.

카드 할부금이 아직 남아 있었고, 친구에게 빌린 돈도 갚아야 했다. 두 가지 방법이 있었다. 하나는 친구에게 돈을 조금 더 빌려 할부금을 갚은 다음에 책을 다 쓰고 한꺼번에 돈을 갚는 것. 다른 하나는 책을 쓰는 일은 뒤로 조금 미뤄 두고 일단 자잘한 원고들을 쓰며 이미 빌린 돈부터 갚는 것. 이럴 때 나는 늘 두 번째를 선택한다. 빚을 지는 것에는 거리낌 없지만, 오래 빚을 지는 건 싫어하는 성격 탓이다. 그래서 써야 할 책이 이렇게 많이 밀려 있는 것이기도 하고…….

어쨌든 지금까지는 어떻게든 글을 써 왔다는 것

그런데 이상하지. 책상 앞에 엉덩이를 붙이고 앉아 있는데도 좀처럼 원고는 써지지 않았다. 하루면 쓸 수 있는 원고를 이틀 동안 쓰고, 사흘이면 쓸 수 있는 원고는 나흘째에야 비로소 시작하는 식이었다. 점점 초조해지기 시작하면서 불안감과 죄책감이 번갈아 가며, 때로는 동시에, 나를 덮쳤다. 그럴수록 원고를 쓰는 일은 더욱 힘들어졌다.

미국 소설가 리디아 데이비스는 『형식과 영향력』(2019)에서 이렇게 말했다. "구석에 몰려 있는 기분이 되면 글을 잘 쓸 수 없을뿐더러 사실 어떤 것도 잘할 수가 없다."[7]

돌아보면 15년 가까운 작가 생활 동안 그곳이 주로 내가 있던 곳인 것 같다. 구석. 아무것도 할 수 없는 절망적인 기분이 되어 구석에 쭈그리고 앉아 있다가 잠깐 나온 사이에 글 하나 쓰고, 다시 구석에 몰려 있다가 또 나와서 잠깐 쓰고, 가끔은 구석에 반쯤 엉덩이를 걸쳐 놓은 상태로 눈물을 흘리면서 쓰기도 하고….

하나 위안이 있다면 어쨌든 지금까지는 어떻게든 글을 써 왔다는 것, 다시는 못 쓸 것 같다는 생각이 들 때도 가끔(실은 자주) 있었지만 그래도 매번 구석에서 벗어날 수 있었다는 것이다. 비록 잠시뿐이라 하더라도. 하지만 이번에도 그럴 수 있을까?

돈 걱정이 악랄한 건 돈을 벌 시간과 마음까지 앗아 가 버린다는 점이다

구원은 예상치 못했던 곳에서 왔다. 우연히 누군가 추천한 작업 시간 관리 애플리케이션을 깔았다. 투두리스트(To Do

List)와 포모도로(pomodoro) 기법[☆]을 합친 애플리케이션인데, 해야 할 일을 적고 걸리는 시간을 예상해서 포모도로를 몇 세트 반복할지 설정해 놓으면 이에 맞춰 일할 시간과 휴식할 시간을 알려 준다. 복잡한 기능은 아니지만, 내게는 이게 효과가 있었다.

일을 시작하려고 새 워드 파일을 열면 보통 막막하다는 생각부터 든다. 가만히 앉아 뭘 쓰지? 언제 쓰지? 쓸 수 있긴 한가? 아무리 생각해 봤자 글은 써지지 않고, 오히려 불안과 초조함과 두려움만 커진다. 그렇게 스스로를 구석으로 몰아가는 것이다. 하지만 일단 포모도로 타이머가 돌아가면 그럴 시간이 없다. 25분은 절망하기에 너무 짧은 시간이다. 그러나 일을 시작하기에는 충분히 긴 시간이기도 하다. 어쨌든 25분만 버텨 보자는 가벼운 마음으로 뭐라도 끄적이게 되고, 그렇게 한 문장씩 한 문장씩 앞으로 나아가게 된다. 그러다가 5분 휴식 시간이 되면 트위터(현 X)도 보고, 야구도 보고, 그러다가

☆   시간 관리 방법론으로 1980년대 후반에 이탈리아 경영컨설턴트 프란체스코 치릴로가 제안했다. 타이머를 이용해 25분간 집중해서 일한 다음 5분간 휴식하는 방식이다. 4 포모도로를 완료한 뒤에는 20~30분 정도의 긴 휴식을 취한다. '포모도로'는 이탈리아어로 토마토를 뜻한다. 치릴로가 대학생 시절 토마토 모양으로 생긴 요리용 타이머를 이용해 25분간 집중한 뒤 휴식하는 일 처리 방법을 제안한 데서 그 이름이 유래했다.

돈 걱정은 하는 게 아니다

다시 25분 동안 일을 하고, 그렇게 몇 세트를 반복하다 보면 어느새 끝이 보인다.

모든 걱정은 우리를 옴짝달싹 못 하게 붙잡는다. 그리고 자본주의사회에서 가장 흔한 걱정은 돈 걱정이다. 돈 걱정이 악랄한 건 돈을 벌 시간과 마음까지 앗아 가 버린다는 점이다. 나의 경우 매번 마지막 순간에 가까스로 돈 걱정을 멈추고 구석에서 빠져나와 일을 하긴 하지만, 이번에는 우연히 (1만 7,000원짜리) 애플리케이션의 도움을 받아 그렇게 하기는 했지만, 앞으로도 계속 그럴 수 있을까? 알 수 없다. 그리고 이런 생각은 나를 다시 구석으로 몰아간다.

그래도 이번엔 마르그리트 뒤라스의 말을 따라 100미터만 앞으로 더 나아가 보려고 한다. A4용지를 336.7장 늘어놓으면 100미터가 되는데, 이건 300쪽 내외의 단행본 3권 분량이다. 그리고 내가 올해 써야 하는 책도 딱 그만큼이다.

그냥 벌어지는
일

> 어떤 일은 아무런 이유 없이 일어난다.
> 어떤 일은 단지 그런 법이다.
>
> – 브라이언 클라스, 『어떤 일은 그냥 벌어진다』[8]

모든 일은 어렵다. 그리고 대부분 사람은 자기가 하는 일이 제일 어렵다고 생각한다. 그렇지 않다면 무척 운이 좋은 사람일 것이다. 혹은 사기꾼이거나.

일의 어려움을 토로하는 데는 작가를 따라올 사람이 없다. 작가들이 엄살쟁이에 불평꾼이라서가 아니다(엄살쟁이에 불평꾼이 맞긴 하지만). 직업 특성상 과장에 능하기도 하고, 글을 통해 자신이 느끼는 고통과 곤란을 직접적으로 표출할 수 있기 때문이다. 위대한 작가라고 해도 사정은 다르지 않다. 세계에서 가장 유명한 소설가 가운데 한 명인 조지 오웰은「어느 서평가의 고백」이라는 글을 이렇게 시작한다.

지금은 오전 11시 30분이고, 일정표에 따르면 벌써
두 시간 전에 일을 시작했어야 한다. 그러나 그가
일을 시작하려고 진심으로 노력했어도 거의 끊임없이
울리는 전화벨 소리, 아기가 고함을 지르는 소리,
거리에서 쿵쿵 울리는 전기 드릴 소리, 그리고
계단을 쿵쾅쿵쾅 오르내리는 채권자들의 묵직한
장화 발소리 때문에 좌절했을 것이다. 가장 마지막으로
그를 방해한 것은 일반 우편이었는데, 광고 전단
두 통과 붉은색으로 인쇄된 소득세 고지서였다.[9]

그보단 덜 유명하지만 내가 좋아하는 미국 작가 대니 샤피로의 불평은 좀 더 심금을 울린다.

개를 농불병원에 네려가기로 예약이 되어 있고, 정오에
학교에서 연극이 시작되고, 독감이 유행하는 계절이
찾아오고, 눈이 온다. 긴 주말이 그렇게 많으리라고
누가 알았겠는가? 지붕에서 물이 샌다. 이웃집이 공사
중이다. 위기를 겪는 친구가 전화를 해 온다. 인생은

귀중한 글쓰기 시간을 가지라며 멈추는 법이 없다.[10]

그렇다면 세계는 물론이고 한국에서도 그다지 유명하다고는 할 수 없는 작가의 경우는 어떨까? 이 글을 쓰고 있는 지금은 오후 12시 27분이고, 일정에 따르면 나 역시 두 시간 전에 일을 시작했어야 한다. 정확히 말하면 열흘하고도 두 시간 전에⋯.

내 기억이 맞는다면 하루는 분명 24시간일 텐데

금요일. 아침에 눈을 뜨자마자 진지하게 생각했다. 지나간 일들은 잊고 새롭게 시작해야 할 시간이 왔다고. 그건 바로 지금이라고. 보름 전에 전체 원고를 넘기기로 약속한 단행본은 아직 절반도 쓰지 못했고, 마감을 지키지 못했다는 자괴감에 빠져 2주를 그냥 보냈지만, 이제 정말 물러설 곳이 없었다.

아이를 어린이집에 데려다주고 바로 작업실로 출근할 예정이었다. 그런데 집을 나서기 직전 멀쩡하던 아이가 갑자기 속이 울렁거린다고 했다. 좀 걸으면서 바람을 쐬는 게 어떻겠냐고 권해 봤지만 절대 그럴 수 없다며 이제 머리도 좀 아픈 것 같단다.

　병원에서는 별다른 이상은 없다고 했다. 다만 감기가 오려는 걸 수도 있다길래 하루 집에서 쉬기로 했다. 막상 집에 돌아온 아이는 오히려 평소보다 기운이 넘치긴 했지만, 그래도 안 아픈 게 어디냐고 생각해야겠지….

　토요일에는 지인의 돌잔치가 있었다. 한 시간 반 동안 운전해서 돌잔치에 갔다. 두 시간 동안 돌잔치를 보며 밥을 먹었고, 다시 한 시간 운전해서 집에 돌아왔다. 도합 네 시간 반. 그런데 하루가 다 가 버렸다. 참 이상하지. 내 기억이 맞는다면 하루는 분명 24시간일 텐데. 이게 바로 알베르트 아인슈타인이 말한 상대성이론이라는 건가?

　그래도 일요일에는 시간이 있을 것 같았다. 아내와 함께 이사할 집에 가서 가구를 어떻게 배치할지 둘러보고 나면 일을 할 수 있을 터였다. 후다닥 치수를 재고 나오려는데, 빈집 어딘가에서 똑, 똑, 똑… 불길한 소리가 들렸다. 주방 후드에서 물이 떨어지고 있었다. 가스레인지에는 물이 찰랑찰랑했고, 싱크대 아래까지 물이 흥건했다.

　일요일이라 관리 사무소에 사람이 있을까 싶었지만 다행히 당직하시는 분이 있었다. 한참 뒤 당직자분이 와서 사진을 몇 장 찍고는, 월요일에 담당자가 출근하면 바로 처리하겠다고 했다. 그리고 덧붙이길, "아마도 위층일 겁니다." 그렇겠지. 굳이 만유인력의 법칙을 들먹이지 않더라도, 물은 위에서 아래로 흐르는 법이니까.

월요일은 원래 아이를 보는 날이라 어린이집에 보내 놓고 일을 하겠다는 계획을 세웠다. 비록 지난 며칠 동안 한 글자도 쓰지는 못했지만, 한 주의 시작과 함께 새로운 마음으로 일을 시작하는 셈이니 오히려 좋아! 잠깐, 그전에 설거지랑 빨래부터 하고…. 그러고 보니 자동차보험 갱신이 오늘까지였다는 사실이 떠올랐다. 지하 주차장에 내려가 앞뒤 번호판이랑 계기판 주행 거리를 찍어서 보냈다. 그리고 밀린 일기까지 쓰고 나니 어느새 오후 4시. 어린이집 하원 시간이었다. 하루가 그렇게 지나갔다.

내가 발 딛고 있던 현실이 그대로 무너지는 기분이었다

화요일. 아이를 어린이집에 데려다주고 마침내 작업실로 향했다. 오늘은 기필코 일을 시작하고 말겠다는 다짐과 함께. 벌써 다섯 번째 다짐이었다. 그런데 작업실이 너무 지저분했

그냥 벌어지는 일

다. 일이 밀리며 자질구레한 일들을 방치한 탓이었다. 가방을 내려놓자마자 무선 청소기부터 들었다. 위이이잉, 시원하게 빨려 들어가는 먼지를 보며 오늘 써야 할 글들을 생각했다. 그런데 갑자기 청소기가 멈췄다. 아무리 스위치를 눌러도 다시 돌아가지 않았다. 충전기를 꽂아도 반응이 없었다. 배터리 수명이 다 된 모양이었다.

청소를 한 것도 아니고 안 한 것도 아닌 찝찝한 상황. 코털이라도 정리해야겠다는 생각으로 전동 코털 제거기를 켰다. 그런데 이번에도 조금 되다 말고 멈췄다. 충전식이 아니라 건전지를 갈아야 했는데, 마침 건전지가 똑 떨어졌다. 무언가 잘못되고 있다는 느낌이 왔지만 의연하게 책상에 앉아 컴퓨터를 켰다.

이번에는 윈도 업데이트가 나를 기다리고 있었다. 평소라면 잠자기 전에 업데이트를 걸어 두었겠지만, 무엇 하나라도 시원하게 끝을 봐야겠다는 생각이 들었다. 휴대전화 시계를 들여다보며 업데이트가 완료되길 기다렸다. 1퍼센트, 2퍼센트, 5퍼센트… 하필 대규모 업데이트여서 진행 속도가 더뎠다. 속이 타들어 갔다.

꼬박 한 시간이 걸려 업데이트가 마무리되었다. 그래, 비록 청소기는 3분의 1도 돌리지 못했고 코털도 듬성듬성 남아 있지만 그래도 컴퓨터는 최신의 상태가 되었겠지, 생각하며 워드프로세서를 실행하려는데 컴퓨터가 뚝뚝 끊겼다. 아무 프로그램도 실행하지 않은 상태에서 마우스만 움직여도 버벅거렸다. 무시하고 일을 하려 했지만 도무지 집중이 되지 않았다. 컴퓨터를 새로 사야 하나? 그런데 나는 돈이 없고, 돈을 벌려면 글을 써야 하는데….

그러다 예전에도 비슷한 증상을 겪은 게 떠올랐다. 원인을 찾는다고 며칠을 고생하다가 윈도에서 기본으로 제공하는 그래픽 드라이버를 지우고 옛날 버전의 드라이버를 깔아서 해결한 기억도 함께. 그 후로 그래픽 드라이버를 업데이트하지 않도록 설정했는데, 이번 업데이트를 하면서 그것까지 함께 설치된 듯했다.

인터넷을 뒤져 이제는 고대 유물이 된 옛날 버전 드라이버를 찾아 설치하고 있는데 아내에게 문자가 왔다. 가족관계증명서를 떼야 한다고. 그래서 컴퓨터가 정상으로 돌아오자마자 전자가족관계등록시스템에 들어가 증명서를 출력했다. 삐, 삐, 삐. 이번에는 프린터에서 경고음이 울렸다. 종이가 씹힌 것이다. 낑낑대며 낀 종이를 제거하고 나니 관리 사무소에

그냥 벌어지는 일

서 전화가 와 누수를 확인하러 왔다며 현관 비밀번호를 알려 달라고 했다. '월요일에 바로 확인한다더니 이제야?' 하는 생각이 들었지만 내색은 하지 않았다.

어느새 밖은 어둑어둑했다. 오늘 하루도 이렇게 날려 버렸다는 생각에 씁쓸했다. 이제는 익숙해진 좌절감이었다. 하지만 나는 포기하지 않았다. 놀라운 의지력을 발휘해서 3주 전에 마지막으로 수정한 문서 파일을 연 뒤 공연히 이미 쓴 부분을 수정한다며 시간을 버리지 않고 곧바로 글을 쓰기 시작했다. 여태껏 꽉 막혀 있던 게 믿기지 않을 만큼 글이 술술 풀렸다. 하지만 감격을 느낄 새는 없었다. 타닥타닥, 그저 키보드를 두드릴 뿐.

정신을 차리고 보니, 어느덧 집에 돌아갈 시간이었다. 일어나기가 아쉬웠지만 이제 리듬을 탔다는 확신이 들었다. 조급할 필요는 조금도 없었다.

가방을 챙겨서 작업실을 나서며 휴대전화를 들었다. 그새 메시지가 쌓여 있었다. 친구들 단톡방에서 송년회 날짜라도 잡았나 싶었는데 '비상계엄'이라는 단어가 보였다. 단체로 영화 〈서울의 봄〉이라도 관람했나?

그런데 실제 상황이었다. 머릿속이 하얘졌다. 얼마나 그렇게 서 있었을까? 걸음을 옮기는데, 세상이 기우뚱 기우는 게 느껴졌다. 내가 발 딛고 있던 현실이 그대로 무너지는 기분이었다.

순간순간 우리가 하는 모든 선택과 행위는 중요하다

며칠이 지났다. 다행이라고 해야 할까, 처음 '비상계엄'이라는 단어를 보며 떠올린 최악의 일들이 벌어지지는 않았다. 그렇다고 모든 게 잘 해결된 것도 아니다. 솔직히 말하면, '모든 것이 잘 해결'되는 결말 같은 게 가능한 건지도 이제는 잘 모르겠다.

당연히 글은 쓰지 못했다. '이런 상황에서 내가 글을 쓰건 말건 그게 중요한가?' 하는 생각이 드는 한편, '왜 내가 글을 쓰려고 할 때마다 이런 일이 생기는 거지?' 하는 이기적인 마음도 생겼다. 세상 모든 것이 내 이해를 벗어난 것 같았다. 왜, 도대체 왜?

그러다 미국 정치학자 브라이언 클라스가 쓴 『어떤 일은 그냥 벌어진다』(2024)를 읽게 되었다. 쏟아지는 뉴스에 질식당하지 않으려고 허우적거리다가 우연히 붙잡은 책이었다.

그중 이런 구절에 눈길이 멈췄다.

> 우리는 의미 없는 데서 의미를 찾는다. 모든 것에는
> 깔끔하고 질서 정연한 계획이 있다는 미신에서
> 위로를 얻고 도움도 받을 수 있으나, 이 말은 사실이
> 아니다. 그저 유용하고 우리를 안심시켜 주는 허구일
> 뿐이다. 아무리 중요하거나 부아가 치밀거나 끔찍한
> 일이 있더라도, 어떤 일은 그냥 벌어질 뿐이다.
> 이것이 상호 연결된 혼돈스러운 세계에서 맞이할
> 필연적인 결과다. 사고와 실수, 그리고 무엇보다
> 임의적이고 중성적인 변화가 생물종을 창조해
> 내고, 사회를 형성하며, 우리의 삶을 바꾼다.[11]

어차피 다 의미 없으니 아무래도 좋다는 게 아니다. "우리는 그 무엇도 통제할 수 없지만 모든 것에 영향을 미친다."라는 클라스의 말처럼, 우리는 모두 서로 연결되고 깊이 얽혀 있기에 역설적으로 순간순간 우리가 하는 모든 선택과 행위는 중요하다. 다만 그것이 우리가 기대한 방식대로 의미 있는 게 아닐 뿐이다.

그렇게 생각하자 이상하게 위안이 되었다. 내가 쓰는 이 글이 당신에게 어떤 의미가 될지 나는 알 수 없지만, 아무것도

알 수 없는 상태로 이 글을 쓰는 게 그리 막막하거나 답답하게 만 느껴지진 않게 되었다는 말이다. 어쩌면 작가라는 직업도 그리 나쁘기만 한 건 아닌지 모르겠다.

그냥 벌어지는 일

문제는
숫자다

"일단 청소부터 할까요?"

– 귀한자식, 〈크툴루 게임 속 천재 마법사가 되었다〉 708화

신년 계획을 세우지 않은 지도 오래되었다. 마지막으로 비슷한 일을 한 건 2021년이다. 그해 1월 1일의 일기를 나는 이렇게 썼다.

2021년 1월 1일

신년 계획

1) 책 5권 출간하기

2) 근육 DJ 유튜버 되기

3) 힙합 작사가로 데뷔하기

그 후로 4년이 흘렀다. 나는 힙합 작사가로 데뷔하지 못했고, '근육'도 'DJ'도 '유튜버'도 되지 못했다. 친구와 함께 쓴 책을 포함하면 다섯 권의 책을 내긴 했다. 계획대로였다면 매년 다섯 권씩 모두 스무 권의 책을 냈어야겠지만….

어차피 지키지 못할 다짐이라는 생각으로 계획을 세우지 않는 건 아니다. 나이는 숫자에 불과하다는 흔한 말처럼, 달력의 날짜도 숫자에 불과하다고 생각해서 그런 것도 아니다. 애당초 나는 '숫자에 불과하다'는 표현에 동의하지 않는다.

숫자는 중요하다. 내가 동의하든 동의하지 않든, 우리가 사는 세상은 숫자로 굴러가기 때문이다. 따라서 '일론 머스크의 재산은 무척, 미친 듯이, 거의 비윤리적일 정도로 많다.'라고 말하는 건 사실 아무것도 말하지 않는 거나 마찬가지다. '일론 머스크의 재산은 2025년 1월 기준 한화 635조 원이다.'라고 해야 비로소 우리는 그것이 어떤 의미인지 정확히 이해할 수 있다.

잠깐, 그런데 내가 정말 '635조'라는 숫자를 이해하고 있는 게 맞나?

> 나: 635조라는 숫자를 알기 쉽게 설명해 줘.

> AI: 네, 알겠습니다. 우리은하에는 약 4,000억 개의 별이 있는데 635조는 그보다 훨씬 더 큰 수입니다. 2024년 대한민국 예산은 약 657조 원으로 635조와 비슷한 규모입니다. 635조 초는 약 2,014만 년이며 지구상에 인류가 출현한 것이 대략 350만 년 전이고 현생인류가 출현한 것은 약 30만 년 전입니다. 더 많은 예가 필요할까요?

> 나: 아니, 괜찮아. 그냥 일론 머스크의 재산이 비윤리적이라고 말하는 게 낫겠어….

반대로 너무 작아서 이해할 수 없는 숫자도 있다. 전자의 크기(2.82×10^{-15}m)나 플랑크 길이(1.616255×10^{-35}m) 같은 이야기가 아니다(그것도 이해할 수 없긴 하지만…). 내 통장에 찍히는 숫자들을 말하는 것이다. 들어오는 숫자(너무 작다)도, 나가는 숫자(너무 크다)도 불가해하지만, 그중 가장 미스터리는 통장에 남아 있는 숫자다. 전업 작가로 일한 지 어느새 15년, 누가 내 치즈를 옮겼을까?

문제는 이렇다. 나는 세상이 숫자로 굴러간다는 것을 안다. 정확히 말해, 알아야만 하는 나이가 되었다. 하지만 내가 가진 숫자는 너무 작아서 미래에 대한 계획을 세우기는커녕 제자리에 못 박혀 옴짝달싹할 수가 없다. 줄어드는 통장 잔고에 반비례해서 늘어나는 불안과 초조, 스트레스가 나를 붙잡고 놓아주지 않는 것이다….

두껍아 두껍아, 헌 집 줄게 새집 다오

요즘 가장 큰 고민은 이사다. 지난번 원고에서 잠깐 언급했지만, 이사할 집 부엌 천장에서 물이 새 한동안 마음고생을 했다. 다행히 윗집에서 식기세척기를 새로 설치하며 배관을 잘못 연결한 것으로 밝혀져 누수는 일단락되었다. 아니, 일단락된 것처럼 보였다.

며칠이 지났다. 이번에는 안방 천장에서 물이 쏟아졌다. 관리 사무소의 확인 결과 외벽에 난 균열을 통해 물이 들어왔다고 했다. 여름 장마철도 아니고 비나 눈이 온 것도 아닌데 갑자기? 이해되진 않았지만 일단 넘어가기로 했다. 세상에 내가 이해하지 못하는 게 크고 작은 숫자만 있는 건 아니니까. 실제로 관리 사무소에서 업체를 불러 외벽을 수리한 뒤 문제는 해결된 듯했다.

다시 며칠이 지나 인테리어 공사를 시작했다. 내부를 철거하며 부엌 천장 도배지를 뜯었는데, 미세하지만 여전히 물이 새고 있었다(현재진행 중). 여기까지 쓰고 났더니 속이 더부룩한 게 당장이라도 소화제를 먹어야 할 것 같다….

이번에도 문제는 숫자다. 정확한 누수 지점을 확인하고 해결하는 시간과 비용, 인테리어 공사가 지연되며 늘어나는 시간과 비용, 피해 보상까지 걸리는 시간과 과연 어느 정도까지 보상이 될 것인지 그리고 이 모든 게 무사히 마무리된다고 해도 앞으로 수십 년 동안 갚아 나가야 할 대출금 등등.

그러고 보니 지난봄에는 작업실 베란다를 통해 아랫집 천장에 물이 새는 바람에 방수 공사를 새로 해야 했다. 문제없이 해결되길 바라는 마음으로 다른 곳보다 두 배 비싼 견적을 부른 업체와 공사를 진행하면서도 '호구'가 된 건 아닌지 영 찜찜하던 기억이 난다(지금까지 문제가 없는 걸 보면 공사는 잘된 것 같다. 돈을 두 배 더 주고 해야 했는지는 다른 문제겠지만…). 여름에는 지금 사는 집 천장에 물이 새서 부분 도배를 하기도 했는데, 이 정도면 정말 굿이라도 해야 하는 거 아닌가? 뉴스를 보니 높으신 분은 많이들 하신다던데. 물론 그럴 돈은 없지만.

당연히 그건 무슨 액운 같은 게 아니다. 물리학, 정확히 말하면 '열역학 제2법칙'이다. 시간이 흐르면 건물은 낡고, 여기 저기 손볼 곳이 생기게 마련이라는 의미다. 오래된 집에 살면 필연적으로 겪을 수밖에 없는 일이다. 이것저것 신경 안 써도 되는(잊을 만하면 나오는 부실 공사 관련 뉴스를 보면 꼭 그렇지도 않은 것 같지만) 새집으로 이사하기 위해서는 내 이해력의 한계에 도전하는 금액이 필요하다. 결국 숫자의 문제인 것이다.

나는 잠시 타이핑을 멈추고 마법의 주문을 외워 본다. 돈 한 푼 들지 않지만, 그만큼 효과는 없는 그런 주문을.

두껍아 두껍아, 헌 집 줄게 새집 다오.
두껍아 두껍아, 헌 집 줄게 새집 다오….

내가 당장 할 수 있는 일을 하기로 했다

통장 잔고가 줄어들수록 늘어나는 건 또 있다. 바로 책이다. 냉정하게 말하면 불안·초조·스트레스보다 이쪽이 더 큰 문제인지도 모른다.

이쯤에서 약간의 설명이 필요해 보인다. 일단 나는 작가다. 말라 버린 강둑처럼 바닥을 드러낸 통장 잔고를 바라보고 위기감을 느끼며 열심히 글을 써야겠다고 생각한다. 자동차 엔진을 돌아가게 만들기 위해서는 휘발유나 경유가 필요한 것처럼, 작가의 뇌를 돌아가게 만들기 위해서는 책이 필요하다. 그래서 책을 산다.

언젠가 나는 개에 관한 책을 쓰기로 마음먹었다. 개와 고양이와 관련된 책 50여 권을 샀다. (책은 쓰지 못했다.)

몇 년 전에 영국 작가 조지 오웰에 대한 책을 쓰기로 계약했다. 오웰과 관련한 책 80여 권을 샀다. (책은 아직 쓰지 못했다.)

코로나19가 한창일 무렵, 음악에 관한 책을 쓰기로 하고 음악과 음악가 주제의 책 100여 권을 샀다. (이 책도 아직 쓰지 못했다.)

친구와 함께 영화에 대한 책을 쓰기로 하고 영화와 관련한 책 200여 권을 사기도 했다. (2년 가까이 연재한 덕에 책은 나왔다. 하지만 정작 200권 가운데 내가 읽은 책은 20퍼센트도 채 되지 않는다.)

오해하면 안 된다. 내가 각각의 책을 쓰기로 마음먹고 관련 책 그만큼을 한꺼번에 샀다는 게 아니다. 나도 그 정도 상식은 있다. 그만한 돈이 없기도 하고…. (책을 그렇게 사 대니 통장 잔고가 부족한 거 아니냐고 따질 수 있다. 그런 분들께는 투자란 원래 그런 거라는 말씀을 드리고 싶다.)

오랜만에 집에 놀러 온 처남이 서재 겸 빨래 건조실로 쓰는 작은방을 보더니 말했다. "책 진짜 많다, 이게 다 몇 권이야? 이사 어떻게 하냐."

이게 다 몇 권인지는 나도 모른다. 3년 전쯤에 대충 세어 본 적이 있는데, 그때 1,000권이 조금 넘었으니 지금은 한 1,500권 정도? 모르겠다. 아무래도 나는 숫자에 약한 게 틀림없다. 문제는 작업실에는 더 많은 책이 있다는 것이다. 어림잡아 집의 세 배, 어쩌면 다섯 배….

그리고 책은 계속해서 늘어난다. 나이를 먹을수록 체력과 집중력이 떨어지면서 연비(연료 대 거리의 비율), 아니 '책비'(읽은 책 대 쓴 책의 비율)도 덩달아 떨어지는 듯하다. 자도 자도 풀리지 않는 피로처럼, 써도 써도 끝내지 못하는 '만성 마감'이 늘어나고 제때 읽지 못한 책들이 무덤처럼 쌓인다. 너무 많은 책 때문에 스트레스를 받은 나는 다시 책을 주문한다. 많은 사람이 스트레스를 풀기 위해 물건을 사는 것처럼, 책을 사는 것이다. 심지어 이 원고를 쓰는 동안에도 나는 네 권의 책을 주문했다. 어떡하지 정말?

문제가 있는 곳에 해답도 있다고 하던가. 새해가 밝았지만 여전히 막막하기만 한 오늘과 숨 쉴 틈 없이 쌓인 책들 사이에

문제는 숫자다

서 괴로워하던 나는 책 속에서 답을 찾았다. 종이책이 아니라 웹소설이긴 하지만.

귀한자식의 웹소설 〈크툴루 게임 속 천재 마법사가 되었다〉(2022~)에서 도저히 물리칠 수 없을 것 같은 힘을 지닌 '심연의 존재'들과의 혈투 끝에 잠시 한숨 돌린 천재 마법사 김신화에게 사역마, 아니 집사 허상현이 묻는다. "신화 님, 이제 무엇을 하실 겁니까?" 그러자 잠시 생각하던 김신화가 말한다.

> 초현실적인 존재와의 싸움? 앞이 보이지 않는 막막함?
> 성장 한계에 도달하여 쇠락만이 남은 육체? 흠, 그런
> 것에 대한 걱정이 아니더라도 할 수 있는 건 많다.
> "일단 청소부터 할까요?"

나 역시 내가 어떻게 할 수 없는 일들을 걱정하며 시간을 보내느니, 내가 당장 할 수 있는 일을 하기로 했다. 너무 많은 책을 정리하기. 한 500권 정도 덜어 내고 나면 한숨 돌릴 수 있을 것 같은데, 과연. 일단 올해 신년 계획은 이걸로 세웠다.

아이만의
이야기

자녀가 읽는 책에 너무 간섭하지 말고 그 시간에 여러분 각자의
책을 읽는 게 어떨까요. 여러분 자신에게 좋은 책.
여러분의 심장을 뛰게 하고, 밤잠을 설치게 할 만한 책.
그런 책이 세상에 얼마나 많은데요.

– 강민선, 『당신을 기억할 무언가』[12]

수많은 처음이 있다. 첫눈, 첫걸음, 첫사랑, 첫 이별, 처음 본 바다, 처음 부른 노래, 처음 만든 음식, 처음 산 물건, 아무도 없는 집에서 혼자 잠든 첫 밤, 처음 생긴 비밀과 첫 번째 거짓말. 그리고 처음 읽은 책….

그런데 처음 읽은 책을 기억하는 사람이 있을까? 나는 아니다. 다만 아버지가 만화가인 덕에 집 안 곳곳에 만화 잡지가 산처럼 쌓여 있던 풍경은 기억난다. 그 잡지를 벽돌처럼 쌓아

올리며 놀던 기억도 나고. 그러니 아마 그중 하나였겠지. 처음은 아니지만 내가 가진 가장 오래된 독서의 기억도 그 잡지 속에 있다.

때는 미국 서부 시대, 흙먼지 날리고 회전초가 굴러다니는 황량한 마을에 머리부터 발끝까지 검은색으로 차려입은 카우보이가 산다. 물론 그는 힘없는 마을 사람들을 괴롭히는 악당이다. 그러던 어느 날, 머리부터 발끝까지 하얀색으로 차려입은 카우보이가 마을에 나타난다. 아픈 과거를 안고 세상을 떠돌아다니던 그는, 물론 주인공인데, 처음에는 그냥 지나치려 하지만 고통받는 마을 사람들을 뿌리칠 수 없어 검은 카우보이에게 결투를 신청한다.

해 질 무렵 마을 광장에 선 두 카우보이. 서로를 마주 본 채 총을 뽑는 순간, 검은 카우보이가 비릿하게 웃는다. 자신이 지는 해를 등지고 서도록 계략을 짜 두었으니 하얀 카우보이가 제대로 조준하지 못할 거라고 확신한 것이다. 하지만 정작 눈이 부신 쪽은 상대의 총신에 반사된 햇빛을 정면으로 받은 검은 카우보이였다. 결국 제 꾀에 넘어간 검은 카우보이는 패배한다. 인과응보, 사필귀정.

아마 그건 내가 처음으로 '이야기'의 짜릿함을 느낀 순간이기도 할 것이다. 그런 경험이 있었기에 책에 빠지게 됐고, 수많은 책을 읽었고, 그보다 더 많은 책을 샀고 (중략) 결국 작가가 됐다. 그런데 이상하지. 책을 좋아해서 시작한 일인데 언제부턴가 책을 읽는 게 즐겁지가 않다. 이래서 옛날 사람들이 좋아하는 일을 직업으로 삼지 말라고 한 건가?

아빠에게는 다 계획이 있었다

아이와 함께 살게 된 뒤로 사람들은 종종 내게 묻는다. 아이도 책을 좋아하나요? 아이에게 어떤 책을 권해 주세요? 아이가 책을 좋아하게 만드는 방법이 있나요? 그럴 때면 나는 조금 곤란하다. 특별한 비법 같은 게 있지도 않을뿐더러, '과연 책을 좋아한다는 건 무엇인가?' 하는 근본적인 의문이 들기 때문이다.

물론 나도 처음부터 그랬던 건 아니다. 나는 작가, 그것도 주로 책에 관한 글을 쓰는 사람이다. 작가가 되기 전에는 인터넷 서점의 엠디였고, 심지어 첫 1년 동안은 '어린이/유아' 분야 담당이었다. 그러니 아이에게 읽히고 싶은 책이 오죽 많았겠는가? 내가 읽은 첫 책은 기억하지 못해도, 아이가 읽을 첫 책들을 골라 줄 수 있다는 사실에 조금 설레기도 했다.

한마디로, 아빠에게는 다 계획이 있었다. 갓난아기의 시각을 자극해 주는 초점책부터 오감 발달에 도움이 되는 촉감책과 사운드북과 플랩북을 거쳐 안전을 위해 모서리를 둥글게 처리한 보드북과 3~5세를 위한 연령별 그림책에 이르기까지. 그렇지만 계획은 어그러지라고 있는 법이다. 나를 위한 계획도 그런데, 자식을 위한 계획이라면 두말할 것도 없다.

처음으로 이상함을 느낀 건 하야시 아키코의 『달님 안녕』(1986)을 보여 줬을 때다. 내가 엠디로 일하던 시절에 이미 고전의 반열에 오른 유아 그림책이다. 울다가도 『달님 안녕』만 보면 뚝 그친다는 말부터, 아이가 책을 너무 좋아해서 벌써 다섯 번이나 재구매한다는 이야기까지 부모들의 온갖 간증이 넘쳐 나는 책이기도 하다. 하지만 우리 아이는 오히려 울음을 터뜨렸고, 아이를 달래기 위해 책을 갖다 버리는 시늉까지 해야 했다.

좋아, 거다란 달님 얼굴이 조금 무섭게 느껴질 수도 있지. 하야시 아키코의 다른 책(『싹싹싹』(1986), 『손이 나왔네』(1986), 『구두구두 걸어라』(1986))도 좋아하지 않았지만, 그건 애초에 『달님 안녕』만큼 사랑받는 책이 아니니까. 그렇게 생각하며 다다 히

로시의 『사과가 쿵!』(1976), 베르너 홀츠바르트와 볼프 에를브루흐의 『누가 내 머리에 똥 쌌어?』(1989), 마거릿 와이즈 브라운과 클레먼트 허드의 『잘 자요, 달님』(1947) 같은 스테디셀러를 보여 줬지만 아이는 무덤덤.

『아주아주 배고픈 애벌레』(1976)를 비롯한 에릭 칼의 책은 그래도 좋아했다(그래 봤자 10권짜리 세트 가운데 고작 2권이지만…). 하지만 내가 기대한 만큼은 아니었다. 적어도 『뽀롱뽀롱 뽀로로 가방 스티커 놀이북』 시리즈(동물, 탈것, 바다, 병원 등)를 볼 때 정도의 반응을 보여 주기를 바랐는데, 내 기대가 너무 과했던 걸까?

영양, 쉼터, 친구 다음으로
인간에게 가장 필요한 것은 이야기다

시간이 흐를수록 아이와 내 취향 사이의 간극은 점점 더 벌어져만 갔다.

전직 어린이/유아 MD 출신, 15년 경력 작가의 선택: 존 버닝햄의 『지각대장 존』(1987), 앤서니 브라운의 『우리 엄마』

아이만의 이야기

(2005)와 『우리 아빠』(2000), 백희나의 『구름빵』(2004), 사카타 히로오와 초 신타의 『끼리 꾸루』(1993), 이와이 도시오의 『100층짜리 집』(2008), 사노 요코의 『100만 번 산 고양이』(1977), 브라이언 와일드스미스의 『정글 파티』(1974) 등….

현직 어린이의 선택: 『반짝반짝 캐치! 티니핑 펼쳐라! 찾아라!』(2022), 『캐치! 티니핑 시즌 2 마이펀 놀이북』(2021), 『캐치! 티니핑 캐릭터 도감』(2024), 『산리오 캐릭터즈 도감』(2023), 『레인보우 버블젬 애니 만화 1』(2023), 『똑똑해지는 167개 미로 찾기』(2019) 등….

그러다 어느 순간 『Why?』(2001~) 시리즈나 『마법천자문』 시리즈(2004~) 등의 고전 학습 만화의 세계로 넘어가더니, 이윽고 『에그박사』(2020~)와 『타키 포오』(2023~)와 『빨간내복 야코』(2023~) 시리즈 같은 요즘(다른 말로 하면 '유튜브에서 유래한') 학습 만화까지 범위를 넓혀 나갔다.

그러는 동안 나는 깨달았다. 우리 아이는 전통적인 '이야기'를, 정확히 말하면 그런 이야기의 핵심 요소인 '갈등'을 좋아하지 않는다는, 정확히 말하면 몸서리치게 싫어한다는 사실을. 심지어 애니메이션도 좋아하지 않는다(애니메이션은 보지 않고 캐릭터만 좋아함)!

하지만 '이야기'는 단순한 이야기가 아니다, 인물들이 겪는 갈등을 통해 우리에게 삶과 세계를 이해하고 대처하는 법을 배우게 해 주는 인류의 지혜가 담긴 보고다, 라고 하면 내가 너무 꼰대 같나? 그렇지만 영국 작가 필립 풀먼도 이렇게 말했는걸. "영양, 쉼터, 친구 다음으로 인간에게 가장 필요한 것은 이야기다."

그때부터 나는 아이의 영양과 쉼터를 책임지는 사람으로서 조금 더 책임감을 가지고 책을 권하기 시작했다. 그렇다고 해서 '이걸 꼭 읽어야 해!'는 아니고, "이거 아빠가 좋아하는 책인데 나중에 심심하면 한번 봐." 하면서 책장에 슬쩍 꽂아 두는 식으로. 그렇게 윌리엄 스타이그의 『도미니크』(1972)나 에리히 케스트너의 『에밀과 탐정들』(1929) 같은 책을 슬쩍슬쩍 흘렸다.

대부분 시큰둥했지만 그래도 르네 고시니의 『꼬마 니콜라』(1959)는 마음에 드는지 800쪽이 넘는 두꺼운 책을 며칠 동안 읽고 또 읽었다. 그때는 나도 좀 뿌듯했다. 아빠가 어렸을 때 제일 좋아하던 책이거든.

아이만의 이야기

내가 생각하는 이야기의 범위가 너무 좁은 건 아닌지

최근 아이는 강아지가 나오는 쿠니노이 아이코의 『우리 집 마당의 개 1·2』(2015, 2018)와 가게야마 나오미의 『시바견 곤 이야기 1~6』(2006~2011)이라는 만화책에 푹 빠졌다. 짧은 네 컷 만화가 잔뜩 있는 책이다. 전통적인 의미의 '갈등'이 있다고는 보기 힘들다는 말이다.

얼마나 좋은지 거듭 보는 것만으로는 모자라 종이에 따라 그리는데, 아예 책 전체를 처음부터 끝까지 다시 그리는 중이다. 일종의 필사라고 해야 하나? 그것도 마음에 들지 않는 페이지를 몇 번씩이나 계속 그리면서.

가끔 내게도 같이 그리자고 권하는데, 페이지 전부를 그대로 그리는 아이와 달리 나는 내가 그리고 싶은 컷만 그린다. 하루는 주인공의 아빠가 동네 꼬치집에서 온몸에 음식 냄새를 묻히고 나오는 모습을 시바견이 보는 장면과 시바견이 집 마당에서 자는 장면을 그렸다. 그러자 내가 그린 그림을 보던 아이가 "이거 꼭 이어지는 장면 같은데?"라고 하디니, 두 번째 칸 오른쪽 상단에 작은 네모를 그리고 이렇게 썼다. '한편 집에서는…'

그때 처음으로 생각한 것 같다. 어쩌면 내가 생각하는 이야기의 범위가 너무 좁은 건 아니었을까? 그러니까 아이에게는 아이 나름의 이야기가 있고, 오늘날의 삶과 세계에는 그것이 더 걸맞은지도 모르겠다고.

『정상결전 초강력 무적의 드래곤 최강왕 결정전』이 나름 괜찮은 책일지도?

며칠 전 아이와 오랜만에 서점에 갔다. 어린이 코너를 함께 둘러보는데, 아이가 그림책 진열대 앞을 무심히 지나가는 모습을 보고 '그래, 그림책에 흥미를 보일 나이는 지났지.'라고 생각했다. 동화책 진열대를 지나갈 때도 그러려니 했는데 학습 만화를 그냥 지나칠 때는 살짝 놀랐다. 이제 책이 싫어진 건가?

하지만 그런 건 아니었는지 분야를 콕 집어 말할 수 없는 책들이 모인 진열대 앞에 멈추더니 한 권을 집어 들고는 단호한 목소리로 선언했다. 이 책을 사겠다고. 평소 내가 보던 책은 물론이고 아이가 보던 책과도 전혀 닮지 않은 삐죽삐죽하고 우락부락한 일러스트가 표지를 채운 책은 다름 아닌 『정상결전 초강력 무적의 드래곤 최강왕 결정전』(2025).

순간 나도 모르게 '그 책은 좀…'이란 말이 튀어나오려는 걸 겨우 삼켰다. 그리고 생각했다. '좀 어떻다는 거지? 저질이라는 건가? 교육적이지 않다는 건가?' 아이는 내 생각은 안중에도 없다는 듯, 신나서 계산대로 뛰어갔다. 그러다 『마인크래프트로 배우는 지구 대백과』(2023)를 발견하고는 한동안 고민하더니 결국 『정상결전…』을 내려놓고 『마인크래프트…』를 선택했지만, 머릿속에선 무섭게 생긴 드래곤들이 위협적인 포즈를 취하고 있던 모습이 좀처럼 떠나지 않았다.

다음 날 저녁, 밀린 작업 때문에 책상 위에 쌓아 둔 책들을 죽은 눈으로 훑어보다가 돌아가는 버스에서 강민선 작가의 『당신을 기억할 무언가』(2025)를 펼쳤다. 그리고 이런 구절을 발견했다. "자녀가 읽는 책에 너무 간섭하지 말고 그 시간에 여러분 각자의 책을 읽는 게 어떨까요. 여러분 자신에게 좋은 책. 여러분의 심장을 뛰게 하고, 밤잠을 설치게 할 만한 책."

그건 내가 가진 의문에 대한 답이 아니었지만, 일종의 해결책은 되어 주었다. '내세 좋은 잭, 내 심장을 뛰게 하고 밤잠을 설치게 할 만한 책'이 무엇인지 생각하다가 쿠이 료코의 판타지 만화 『던전밥』 전자책 14권 세트(2014~2023)를 결제하고 읽기 시작했더니 다른 생각을 할 틈이 없어진 것이다.

아, 『던전밥』 속 레드 드래곤이 불길을 내뿜는 장면을 읽다가 문득 그런 생각이 들기는 했다. '어쩌면 『정상결전 초강력 무적의 드래곤 최강왕 결정전』이 나름 괜찮은 책일지도?' 아무래도 조만간 주문하게 될 것 같다. 아이와 나 모두를 위해서….

아이만의 이야기

빈 토마토와
잘 구운 토스트

극본을 쓴다는 것도 다른 예술 분야와 마찬가지로
혼돈(Chaos)에서 시작된다. 아이디어란
반쯤 구운 빵에 불과하다.

– 린다 시거, 『시나리오 거듭나기』[13]

"아빠, 작가지?"

여름 첫 빙수를 먹던 아이가 내게 물었다.

"그렇지?"

네기 말끝을 올리머 나소 사신 없게 대답하자 아이는 재차
물었다.

"그러면 대본도 써?"

초등학교에 입학한 아이는 언제부턴가 종종 나를 당황하

게 만드는 질문을 던지는데, 이 질문이 그랬다. '드라마를 본 적도 없으면서 어떻게 대본이라는 개념을 아는 거지?' 하는 궁금증이 떠올랐지만, 그게 내가 당황한 이유는 아니었다. 이걸 어떻게 설명하면 좋을까…. 차근차근 풀어 보자.

- 실제로 나는 작년 가을부터 드라마 대본을 작업하고 있다.
- 일주일에 한 번씩 공동 작업을 하는 동료(시인 겸 평론가)와 함께 회의도 한다.
- 지금까지 예닐곱 개의 아이디어를 떠올렸고, 서넛은 실제로 집필에 들어가기도 했다.
- 매번 1화를 쓰던 중 암초에 부딪혔으며, 그때마다 전부 엎고 다음 아이디어로 넘어갔다.
- 마지막으로 쓰던 대본을 엎은 게 벌써 두 달 전이다.
- 여전히 회의(meeting)는 계속하고 있지만, 그만큼 회의(doubt)도 계속되는 요즘이다….

한마디로, 드라마 대본을 쓰는 것도 아니고 쓰지 않는 것도 아닌 상황. 잠깐 고민하던 나는 아이에게 차근차근 현재 아빠의 곤란함을 설명하는 대신, 최대한 자상한 목소리로 되물었다.

빈 토마토와 잘 구운 토스트

“갑자기?”

“아빠 휴대전화에 써 있던데.”

아이가 테이블 위에 놓인 아이폰을 가리켰다. 대기 화면에 고정된 ‘포모도로’ 앱 위젯에 적힌 ‘드라마 하기’라는 글자가 보였다. 지금 내게는 세상에서 가장 무거운 다섯 글자였다.

“그런데 왜 드라마 하기야? 드라마를 어떻게 해?”

아이가 천진난만하게 물었고, 내가 대답을 궁리하는 사이 곧바로 다른 질문을 던졌다.

“아빠, 배우들도 알아? 배우들은 아빠 모르는 것 같던데.”

음, 그게 말이지….

모래처럼 흘러가는 하루를 그러모아
단단한 벽돌로 만들어 건물을 쌓는 일

내 하루는 28개의 포모도로로 이루어졌다. 포모도로는 토마토를 뜻하는 이탈리아어다. 어원을 띠지면 황금(d'oro) 사과(pomo). 내가 아는 토마토는 황금색도 아니고 사과는 더더욱 아니지만, 아무래도 상관없다. 어차피 내 하루도 28개의 토마토로 이루어진 건 아니니까.

내가 말하는 포모도로는 1980년대 후반, 당시 이탈리아의 대학생 프란체스코 치릴로가 고안한 시간 관리 기법이다. 25분간 집중해서 일한 다음 5분간 휴식하는 방식으로, '25분 집중＋5분 휴식'의 한 사이클을 '1 포모도로'라고 부른다(자세한 내용은 앞의 「돈 걱정은 하는 게 아니다」 원고를 참고할 것). 그런데 이게 대체 토마토랑 무슨 상관이냐고? 간단하다. 치릴로가 시간을 재기 위해 사용한 물건이 부엌에 있던 토마토 모양의 타이머였기 때문이다.

치릴로가 처음 아이디어를 떠올린 건 대학교 1학년 때다. 매일 학교에 가고, 수업을 듣고, 공부도 했지만, 집으로 돌아오는 길이면 하루를 낭비했다는 낙담이 그를 사로잡았다. 시간 앞에 속수무책이라는 감각이 치릴로로 하여금 시간 관리의 중요성을 절감하게 했다.

그러던 어느 날, 치릴로는 아주 유용하면서도 조금은 굴욕적인 질문으로 스스로를 도발했다.

"과연 내가 딱 10분만이라도 집중해서 공부를, 진짜 공부를 할 수 있을까?"

스마트폰은커녕 휴대전화라는 개념 자체가 생소하던 시절이다. 객관적으로 시간을 잴 수 있는 '시간 선생님'을 찾던 그는 때마침 부엌에 있던 타이머를 떠올렸다. 그렇게 치릴로는 자신만의 포모도로를 발견했다.

나 역시 그런 기분을 잘 알고 있다. 어떻게 보냈는지 모를 시간들이 어제라는 이름의 블랙홀로 빨려 들어가고, 익숙한 낙담과 막연한 죄책감이 안개처럼 자욱한 오늘 속에서 방향을 잃고 이리저리 헤매는 기분.

치릴로와 달리 나는 그것이 딱히 이상하다고 생각하지 않았다. 오히려 당연하다고 느꼈다. 세상은 부조리하고, 인생에 정해진 방향 같은 건 없으니까. 인간은 자유롭도록 저주받았으며, 그리스신화에서 제우스를 속인 죄로 산비탈을 따라 굴러오는 바위를 산꼭대기를 향해 끊임없이 밀어 올려야 하는 시시포스의 운명이 곧 인간의 운명일 테니까.

고등학교 윤리 시간에 "실존은 본질에 앞선다."라는 프랑스 철학자 장폴 사르트르의 선언을 접한 뒤 내가 줄곧 품어 오던 인생철학—그것이 아스팔트 위의 개똥처럼 하얗게 말라 붙어 마침내 풍화되기까지는 적지 않은 시간이 필요했다. 결정적인 계기는 아이의 탄생이었다. 여기에 관해선 책 한 권을 써도 부족하니 그냥 이렇게만 말해 두기로 하자. 아이의 존재는 내게 전혀 다른 실존을 요구했고, 나는 응답하지 않을 수 없었노라고.

내가 일기를 쓰기 시작한 것도 그때부터였다. 처음엔 사금꾼이 금의 부스러기를 채취하기 위해 흐르는 강물을 체로 거르듯, 흘러가는 시간 속에서 뭐라도 의미를 건져 내야겠다는 절박한 마음이었다. 그런데 일기를 쓰다 보니 이런 생각이 틀렸다는 사실을 깨달았다. 일기 쓰기는 사금꾼보다 건축가의 일을 닮았다. 모래처럼 흘러가는 하루를 그러모아 단단한 벽돌로 만들어 건물을 쌓는 일. 그리하여 언제든 다시 둘러볼 수 있게 하는 일.

그러다 보니 자연스럽게 다가올 시간의 '설계도'를 그리게 되었다. 해야 할 일들의 목록을 적고, 각각의 일들에 알맞은 포모도로를 배정하고, 앱을 이용해서 매일의 루틴으로 만든 것—그게 바로 아이가 내 스마트폰 위젯에서 본 '드라마 하기'라는 문구의 정체였다.

점점 채워지지 않은 포모도로가 하루를 채우기 시작했다

포모도로 기법을 내 삶에 도입한 지 어느덧 1년 하고도 몇 개월이 지났다. 그전까지 나는 하나의 일을 시작하기 위해 수

십 번의 다짐이 필요한 사람이었다. 심지어 그것만으로 부족해서 몇 번의 결단까지 해야 했는데, 그건 내가 언제나 'N+1'의 핑계를 찾아낼 수 있는 사람이기 때문이다.

하지만 '일단 25분만 해 보자'는 생각은 그런 나를 조금씩, 그러나 결정적으로 변화시켰다. 실제로 예전 같았으면 몇 년이 걸렸을지 모를 단행본 한 권을 매일의 토마토들과 함께 3개월 만에 끝내는 놀라운 성취(내 기준)를 이루기도 했다. 과연 《뉴욕타임스》가 선정한 세계 10대 슈퍼푸드답다고 해야 하나?

그래서 드라마 대본을 쓰기로 마음먹었을 때, 나는 꽤 자신만만했다. 매일의 루틴에 따라 정해진 포모도로로만 차근차근 채워 가면 언젠가 완성할 거라고 믿었다. 일단 대본을 끝마친 뒤 그 경험을 토대로 한 책도 써야지, 드라마 작법서와 자기계발서를 합친 새로운 형식의 책을, 제목은 '포모도로가 익어 가는 계절'이 좋겠다, 영어로 책이 번역되면 에스파의 〈드라마〉(2023) 가사를 빌려 'Tomatoes bring all the drama-ma-ma-ma hey, hey'로 하는 거야… 같은 생각을 하기도 했다.

하지만 아무리 많은 포모도로를 채워도 좀처럼 대본은 완성되지 않았다. 채 익기도 전에 떨어지는 낙과처럼, 우리의 아이디어는 아무런 결실도 보지 못한 채 폐기되기만을 반복했다. 점점 채워지지 않은 포모도로가 하루를 채우기 시작했다. 그리고 어느 순간, 작고 동그란 모양의 죄책감이 되어 내 마음을 짓눌렀다.

나는 문득 그리스신화 속 '황금 사과'를 떠올렸다. 결혼식에 초대받지 못한 싸움의 여신 에리스가 "가장 아름다운 여신에게"라는 문구를 적어 던진 황금 사과는 다른 여신들의 질투를 불러일으켰고, 결국 트로이전쟁이라는 거대한 파국을 불러왔다. 그리고 그것은 호메로스로 하여금 『일리아스』라는 위대한 드라마를 쓰도록 만들었다. 누가 던진 황금 사과(pomo d'oro)랑은 다르게 말이지….

내일은 아빠가 딱 적당하게 구워 줄게!

반쯤은 절박하고 반쯤은 심드렁한 마음으로 미국 작가 린다 시거의 『시나리오 거듭나기』(1987)를 펼쳤다. 거듭되는 실패는 나를 절박하게 만들었지만, 해답을 찾을 수 있을 거라는 기대는 하지 않았다. 하지만 책에서 내가 발견한 것은 예상과는 전혀 달랐다. 극본을 쓰는 일은 혼돈에서 시작된다는 말, 그것은 시나리오가 아닌 시나리오를 대하는 나의 태도를 돌아보게 했다.

어쩌면 나는 모든 것을 지나치게 통제하려 했던 게 아닐까. 혼돈을 견디지 못해 성급히 질서를 부여하는 동시에 마법처럼 새로운 아이디어가 솟아나길 바라는 모순을 저질렀는지도 모른다. 아이디어가 "반쯤 구운 빵"이라면, 나는 그것을 오븐에서 꺼내자마자 바로 완벽한 식사를 차리려 한 셈이다. 그러니 도저히 먹지 못할 결과물이 나올 수밖에. 대본을 완성해야 한다는 조급함과 그날의 포모도로를 채워야 한다는 강박 사이에서, 나는 창작의 리듬을 무시한 채 억지를 부리고 있던 것이다.

며칠이 지났다. 여느 날과 다름없는 아침이었다. 아이가 학교에 갈 준비를 하는 동안 토스트를 만들었다. 전에 쓰던 오븐에는 '토스트' 버튼이 있어서 따로 설정할 필요가 없었는데, 새로 바꾼 기기는 시간과 온도를 직접 조정해야 해서 늘 조금씩 다른 결과물이 나왔다. 그날은 평소보다 빵이 조금 하얬다.

"이건 내가 좋아하는 굽기가 아닌데."

식탁 앞에 앉은 아이가 말했다.

"그럼 어떻게 구운 게 좋아?"

그러자 아이가 말했다.

"조금 더 갈색이어야 해. 그런데 까맣게 타면 안 되고."

순간 나도 모르게 웃음이 나왔다. 나는 아이에게 말했다.

"알겠어. 내일은 아빠가 딱 적당하게 구워 줄게!"

그게 말처럼 쉽다면 벌써 대본 한 편쯤은 뚝딱 완성했겠지만, 어쨌든 내일은 내일의 토스트가 있을 테니까.

빈 토마토와 잘 구운 토스트

내 엉덩이를
움직이게 하는 책

일이 너무 많다. 그런데 왜 돈은 늘 부족하지? 그건 내 인생의 풀리지 않는 미스터리 가운데 하나다. (또 다른 미스터리로는 절대 당첨되지 않는 복권, 팔리지 않는 책, 잃어버린 줄 알고 한참을 찾았지만 결국 가방에서 발견한 지갑, 매번 말싸움이 끝난 다음 뒤늦게 띠오르는 내 꾸 등이 있다.) 나는 하루의 대부분을 그 이유를 알아내기 위해 고심하는데, 어쩌면 그러느라 일할 시간이 없는지도 모른다. 좀처럼 일을 끝내지 못하니 늘 일이 많을 수밖에.

아니면 내 생각과 달리 실제로는 일이 많지 않을 수도 있고.

하지만 실제로 일이 많고 적고는 중요하지 않다. 중요한 건 내가 일이 많다고 느낀다는 사실이며, 그런 느낌이 나를 옴짝달싹 못 하게 만든다는 점이다. 흔히 할 일은 많고 시간이 없는 상황을 두고서 "발등에 불이 떨어졌다."라는 표현을 쓴다. 내 경우는 조금 다르다. 어떻게든 불을 끄기 위해 발을 동동 구르는 일반적인 경우와 달리, 나는 뻣뻣하게 선 채로 일이 하나둘 쌓이는 모습을 본다. 마치 눈처럼, 하나둘 떨어지는 일들이 차갑게 발목을 덮고, 종아리를 덮고, 허리를 덮는 모습을 그냥 바라보는 것이다. 일이 왜 이렇게 많은지, 돈은 왜 늘 부족한지 의아해하면서….

시간이 흐르며 쌓인 일이 어느새 꽁꽁 얼어 버렸기 때문이다

어느 순간 일이 턱끝까지 차오르며 이대로는 죽겠다 싶은 때가 온다. 죽지 않기 위해 몸을 움직여서 쌓인 일을 처리해야 하는 순간이. 그렇다고 바로 일을 할 수 있는 건 아니다. 시간이 흐르며 쌓인 일이 어느새 꽁꽁 얼어 버렸기 때문이다. 나는 추위와 공포로 벌벌 떨며 세계의 종말을 생각하면서도 꼼짝할 수 없다. 그때 필요한 건 책이다. 소(小)빙하기가 닥친 재난 영화에서 도서관에 모인 사람들이 추위와 싸우며 책을 모아 태우는 것처럼. 다만 내 경우에는 차게 식어 버린 내면의 불씨를 되살리기 위해, 움직일 수 있는 마음의 상태를 만들기 위해 책을 읽어야 한다는 게 다를 뿐이다.

내가 지금 너무 과장하는 것처럼 느껴진다면 그건 내가 지금 너무 과장하고 있기 때문이다. 비유의 위험성, 혹은 글 쓰는 사람들이 종종 빠지곤 하는 함정이다. 하지만 과장에도 일말의 진실은 있는 법. 나는 지쳤고, 그런 상태가 너무 오래되었다. 그걸 번아웃이라고 부르건, 노력에 비해 보상이 턱없이 적은 일에 대한 피로나 회의라고 부르건, 중년의 위기라고 부르건 현재 내가 일을 잘할 수 없는 상태라는 사실은 변하지 않는다. 어쩌면 당신은 이렇게 물을지도 모른다. 그러면 그냥 좀 쉬거나 다른 일을 찾으면 되는 거 아냐? 그러게, 나는 왜 그런 생각을 하지 못했지. 이렇게 인생의 미스터리 하나가 추가되었다….

또 다른 진실은, 그런 마음의 상태를 극복하기 위해 책이 필요하다는 사실이다. 문제는 얼마나 많은 책이 필요하냐는 거다. 애초에 책이 좋아서 시작한 일이다. 읽은 책에 관해 쓰고 싶었고, 나 역시 책을 쓰고 싶었다. 가끔 '작가의 벽'(writer's block)이라고 하는 슬럼프에 부딪힐 때도 좋은 책을 읽다 보면 자연스럽게 다시금 글줄이 풀려나왔다. 하지만 시간이 흐르며 한 권의 책이 내게 주는 감흥은 조금씩 줄어들었고(한계효용 체감의 법칙), 내가 쓴 글이 쌓여 가면서 글을 쓰는 일은 점점 더 힘들어졌다('의자 탑 쌓기' 게임을 떠올릴 것). 갈수록 높아지는 작가의 벽을 넘기 위해 점점 더 많은 책을 읽어야 했다는 말이다. 받침대로서의 책이 더 많이 필요해졌다고 할 수도 있고, 단순히 책의 '연비'가 나빠졌다고 할 수도 있겠지. 그렇지만 역시 비유는 이쯤에서 그만두는 것이 좋겠다. 스스로 파 놓은 함정은 이미 충분하니까.

잠깐, 그 전에 책부터 읽고…

그런 날이었다. 어떤 인물에 관한 원고지 700매짜리 책을 쓰기 위해 잔뜩 자료를 쌓아 놓고도 어떤 목소리와 형식으로 풀어야 할지 몰라서 한 줄도 쓰지 못한, 연말에 출간할 단행

내 엉덩이를 움직이게 하는 책

본 파일을 출판사로부터 메일로 받아 놓고 얼마나 고쳐야 할지 엄두도 나지 않아 열지 못한, 실시간으로 진행되는 온라인 독서 모임의 진행자로 다른 사람의 독서를 독려하는 댓글을 달아야 하는데 '이게 다 무슨 소용인가.' 하는 회의감이 들어 사이트에 들어가지도 못한, 그 밖의 많은 일이 정리되지 않은 채로 펼쳐진 그런 날.

작업실로 출근하며 굳게 다짐했다. 오늘은 기필코 일을 시작하겠다고, 너무 많은 일에 압도당하지 않고 조급해하지도 않으면서, 할 수 있는 일부터 하나씩 처리하겠다고. 아내에게는 이미 작업실에서 밤을 새우겠다는 허락도 받아 둔 터였다. 구린 글을 쓰면 어떡하나, 하는 뻔한 걱정은 접어 두고 이제는 정말 뭐라도 써야 할 시간이었다.

잠깐, 그 전에 책부터 읽고….

시작은 웹소설이었다. 이동 중에, 쉬는 시간에, 자기 전에 잠깐씩 업데이트된 웹소설을 보는 게 어느새 일상의 루틴으로 자리 잡았다. 나는 보통 열 개 안팎의 웹소설을 동시에 보는데, 하루에 열 편 남짓한 최신 회차를 본다고 해서 그리 많은 시간이 드는 건 아니다. 문제는 내가 최근 백덕수 작가의 〈괴담에 떨어져도 출근을 해야 하는구나〉(2024~)라는 신규 웹소설을 새로 읽기 시작했고, 너무 재밌었고, 매일 연재를 기다리다가 지쳐 작가의 전작을 찾아보게 되었고, 그것이 하필 공시생이 낯선 몸에 빙의해 3년 전으로 돌아가 1년 안에 데뷔하지 못하면 사망한다는 미션을 받아 아이돌이 된다는 〈데뷔 못 하면 죽는 병 걸림〉(2021~2023, 이하 데못죽)이라는 명작 웹소설이었고, 나는 한번 읽기 시작하면 좀처럼 끊지 못하는 타입의 독자인 것이다.

결국 나는 '하나만 더, 딱 하나만 더' 하며 대용량 감자칩 한 봉지를 남김없이 먹어 치우는 '다이어터(예정자)'처럼, '한 화만 더, 딱 한 화만 더' 하면서 8시간 동안 앉은자리에서 꼼짝도 하지 않은 채 완결까지 〈데못죽〉을 읽어 버렸다. 그나마 다행인 점은 지난 며칠 동안 틈틈이 5분의 3 정도를 이미 읽어 두었다는 건데, 그게 아니었으면 정말 밤을 꼴딱 새웠을지도 모른다. 그리고 나는 그런 스스로를 결코 용서하지 못했을 테다. 그래 봤자 용서할 수 없는 이유를 적은 긴 목록에 하나를 더하는 것뿐이지만. 아무튼 〈데못죽〉은 정말 재밌었다. 역경을 이겨 내고 땀 흘리며, 나아가 결국 받을 자격이 있는 것을 받는 사람들의 이야기는 늘 감동적이다.

내 엉덩이를 움직이게 하는 책

책을 덮을 즈음에는
잊고 있던 내면의 열정이 되살아나며

어느덧 밤이었다. 평소 같았으면 짐을 챙겨 집으로 돌아갈 시간이지만 그날은 아니었다. 작업실에서 밤을 새우기로 한 내게는 아직 많은 시간이 남아 있었고, 나는 짐짓 여유로운 마음으로 일을 시작하기에 앞서 미국 배우 매튜 페리의 회고록 『친구와 연인, 그리고 무시무시한 그것』(2022)을 펼쳤다. 앞서 말한 '어떤 인물에 관한 원고지 700매짜리 책'을 쓰는 데 조금이라도 도움을 받을 수 있지 않을까 하는 절박한 마음이었다. 그 책을 쓰는 일을 조금이라도 지연하고 싶다는 절박한 마음이기도 했고….

2023년 10월 안타깝게 세상을 떠난 페리는 전설적인 미국 시트콤 〈프렌즈〉(1994~2004)에서 유쾌한 챈들러 역을 맡으며 많은 사랑을 받은 배우다. 이와 동시에 청소년 시절부터 시작된 알코올중독과 사고로 처방받은 마약성 진통제가 촉발한 약물중독에서 벗어나기 위해 고통스러운 싸움을 이어 간 '중독자'이기도 하다. 재능 있는 예술가가 평생 내면의 공허와 외로움에 시달리며 그것을 메우기 위해 중독적인 물질들로 자기를 파멸시키는, 어느 순간 잘못된 걸 깨닫고 벗어나려 노력하지만 물질의 힘에 이끌려 자꾸만 되돌아가는, 그러나 끝까지 희망을 놓지 않는 이야기. 많은 부분 공감을 넘어 동질감을 느끼기도 했는데, 그는 할리우드의 억만장자 스타 배우이고 나는 한국의 평범한 작가라는 사실을 생각하면 그건 제법 놀라운 일이라고 하겠다.

하지만 가장 놀라운 건 이토록 무거운 이야기를 하는 페리의 어조가 결코 유머를 잃지 않는다는 사실이다. 약물중독으로 병원에 이송되어 일곱 시간이 넘는 대수술을 받고 혼수상태에 빠져 죽음의 문턱에서 겨우 살아 돌아온 경험을 페리는 이렇게 쓴다.

담당 치료사에게 끌리는 걸 보니 몸이 점점
회복되고 있는 듯했다. 배에는 큰 흉터가 남았지만,
어차피 나는 셔츠를 훌러덩 벗는 남자는 절대
못 되었다. 매슈 매코너헤이라면 또 모를까.
샤워할 때는 눈을 꼭 감으면 그만이다.[15]

더없이 절망적인 자신의 상황마저 유머러스하게 바라볼 수 있는 페리의 용기에 감명받은 나는 그 마음 그대로 '어떤 인물에 대한 원고지 700매짜리 책'을 쓰기 시작하는 대신, 미국 배우 매튜 맥커너히의 『그린라이트』(2020)를 펼쳤다. 앞서 페리가 "셔츠를 훌러덩 벗는 남자"의 대명사로 언급한 '매슈 매코너헤이'가 바로 매튜 맥커너히이고, 마침 그가 쓴 회고록인 『그린라이트』가 작업실에 있었으니까.

같은 매튜라고 해도, 맥커너히는 페리와 정반대의 사람이었다. 거친 남부의 모래바람이 어울리는 마초남, 뒷마당에서 나체로 봉고를 연주하는 또라이, 자아를 찾아 오지를 떠도는 구도자, 기타 등등. 그건 내가 결코 친구가 될 수 없는 사람이라는 뜻이기도 하다(그렇다고 내가 페리와 친구라는 건 아니지만). 예전 같았으면 그런 생각이 드는 순간 바로 책을 내려놓을 테지만 그날은 아니었다. 나이를 먹으며 나와 다른 타입의 사람이 하는 말에 귀 기울이는 게 내가 생각했던 것보다 더 중요하다는 사실을 조금이나마 깨달았기 때문이다. 그리고 아직 일을 시작할 마음의 준비가 안 되었기 때문이기도 했다.

맥커너히의 자전적인 이야기와 '네 인생의 주인이 되라'는 자기계발 메시지를 뒤섞은 책은 놀랍게도 감동적이있다. 책을 덮을 즈음에는 잊고 있던 내면의 열정이 되살아나며 당장이라도 '어떤 인물에 관한 원고지 700매짜리 책'을 써 내려갈 수 있을 것 같은 마음마저 들 정도였다. 어느새 아침 해가 밝아 온 탓에 잠을 자야 했지만.

맥커너히의 책에서 내가 가장 감동받은 것은 이런 구절이었다.

감동은 이제 그만, 엉덩이를 움직여.
less impressed, more involved.

내 엉덩이를 움직이게 하는 책

\ 막간 \

귀찮은 일이 줄어들지 않아…

종종 머릿속에 떠오르는 책들이 있다. 『나는 시간이 아주 많은 어른이 되고 싶었다』는 스위스 작가 페터 빅셀의 에세이를 모은 책이다. 나 역시 그런 어른이 되고 싶었다. 하지만 현실은 정반대. 내게는 시간이 없고, 그래서 빅셀의 책도 아직 읽지 못했다. 어쩌면 앞으로도 영영….

시간이 많다는 건 어떤 기분일까? 좀처럼 상상하기 힘들다. 프레드릭 제임슨을 인용하는 슬라보예 지젝을 인용하는 마크 피셔는 『자본주의 리얼리즘』을 "자본주의의 종말을 상상하는 것보다 세계의 종말을 상상하는 것이 더 십다"는 제목의 챕터로 시작한다. 그런데 내 생각엔 소비로 채워지거나 불안으로 오염되지 않는 순수한 잉여 시간을 상상하기는 더욱 힘들고, 이것이야말로 우리 안에 내재된 자본주의 리얼리즘이 아닌가 싶다.

그런 생각은 제니 오델의 『아무것도 하지 않는 법』이라는 제목으로 나를 이끈다. 물론 이 책도 아직 읽지 못했다. 가뜩이나 시간이 없는데, 아무것도 하지 않는 법을 배울 시간이 있을 리 없다. 이건 농담이 아니다.

내 하루는 글을 쓰는 시간과 (다른 일을 하느라) 글을 쓸 수 없는 시간으로 나뉜다. 비율로 따지만 4 대 6 정도일까. 글을 쓸 수 없는 시간에는 글을 쓰고 싶어서 괴롭고, 글을 쓰는 시간엔 글이 써지지 않아서 괴롭다. 글이 써지지 않는 이유에는 여러 가지가 있지만, 많은 경우 글과 관계 없는 일들이 남긴 감정적이고 물리적인 여파 때문이거나 불쑥불쑥 흐름을 끊고 들어오는 또 다른 일들 때문이다. 결국 실제로 글을 쓰는 시간은 그보다 훨씬 적다. 그런데 이상하지. 그 짧은 시간이 너무 좋아서 여전히 이 일을 하고 있다.

내가 바라는 것은 사실 아주 많은 시간은 아니다. 석 달, 혹은 한 달, 아니 딱 보름만이라도 온전히 작업에 집중할 수 있는 시간이다. 이런저런 집안 문제에 신경 쓰지 않고, 주변 사람들의 눈치도 보지 않고, 갑자기 튀어나오는 '인생의 벼룩들'로 흐름이 끊기지 않는 시간. 나와 내가 써야 할 글만이 있는 시간. 이렇게 생각하는 내가 너무 이기적인 걸까? 하지만 그렇게 딱 보름만 보내면 밀려 있는 책들도 다 쓸 수 있을 것 같은데. 최소한 방향은 잡을 수 있을 것 같다.

하지만 그런 시간은 오지 않는다. 그걸 알면서도 나는 오지 않는 보름을 기다리느라 오늘을 놓치는 일을 반복해 왔다. "이번 주만 지나면", "이 일만 끝나면", "다음 달부터는 정말"… 다음 달이 이번 달이 되고, 지난 달이 되고, '작년 이맘때'가 된다. 그러는 동안에도 귀찮고 성가신 일들은 끊임없이 튀어나온다. 어느새 턱밑까지 차오른 밀린 일들 사이에서 허우적대며, 나는 『고도를 기다리며』의 고고와 디디를 떠올린다.

최근에는 작업실 건물에 불이 났다. 다행히 다친 사람은 없었지만, 작업실 가득 분진과 탄 냄새가 남았다. 그 바람에 한동안 글 쓸 시간을 쪼개 오염된 책을 정리해야만 했다. 정말 지나치게 큰 벼룩이었다.

그러다 오래전에 사 두었지만 읽을 시간은 내지 못한 앙드레 지드의 『코리동』을 발견했다. 아무 생각 없이 집어든 표지에 눈에 띄는 문구가 있었다. "중요한 것은 치료를 받는 것이 아니라, 병과 더불어 태연하게 살아가는 것이다."

글을 쓸 시간이 나기만을 바라면 영원히 글을 쓸 수 없다.

벼룩이 없는 날을 기다려도 마찬가지다. 중요한 것은 벼룩을 모두 잡는 게 아니라, 벼룩에게 물린 자리를 벅벅 긁어 가며 끝까지 쓰는 것이다. 틈을 비집어 시간을 만들고, 모자라면 훔치기도 하는 것이다. 완벽한 보름은 없다. 불완전한 오늘이 있을 뿐이다. 그리고 나는 그 불완전한 오늘들을 이어 붙여 한 편의 글을 만든다. 그 안에서 누군가에겐 딱 들어맞는 문장이 태어나기를 바라면서.

귀찮은 일이 줄어들지 않아…

/2부/

쓰는 것
도 어렵
다

나는 글쓰기를
원하는가?

신은 내가 글쓰기를 원하지 않는 거야,
하지만 내가 원해, 그러니 해야 하네.

– 프란츠 카프카, 『행복한 불행한 이에게』[1]

1903년, 스무 살의 체코 출신 소설가 프란츠 카프카는 친구에게 보내는 편지에 이렇게 썼다. 엄청나게 카프카적으로 느껴지는 문장(자신이 원하는 걸 신은 원치 않는다고 생각한다는 점에서)인 동시에, 한편으로는 전혀 카프카 같지 않은 문장(그럼에도 자신이 원하는 것을 주체적으로 밀고 나간다는 점에서)이기도 하다. 과연 친구가 카프카와 글쓰기와 신의 관계를 얼마나 궁금해했을지는 의문이다. 어쩌면 친구는 편지를 읽으며 속으로 '안

물안궁' 하고 중얼거렸을지도 모를 일이다. 하지만 그건 중요하지 않고, 카프카가 끝내 자기 말을 지켰다는 게 중요하다. 스스로에게 좋은 일이었는지는 모르겠다. 글을 쓰기 위해 세상으로부터 달아나려 했던 카프카의 짧고 고뇌에 찬 삶을 생각한다면. 하지만 인류에게는 분명 좋은 일이었고, 그러니 신도 결국엔 이해하지 않으셨을까?

신은 원치 않는 것처럼 보인다는 거다

문제는 카프카도 뭣도 아닌 내가 글을 쓰는 일도 신은 원치 않는 것처럼 보인다는 거다. 그게 아니라면 글을 쓰겠다고 마음먹을 때마다 여기저기서 생각지도 못한 방해물이 튀어나오는 이유를 설명할 방법이 없다. 이 원고만 해도 그래. 계획대로라면 진작 쓰고도 남아야 하는 글이지만 기록적인 한파, 크리스마스, 나윤이(딸) 생일, 친척의 방문(4박 5일), 작업실 건물 누수로 인한 이웃과의 분쟁, 갑작스러운 엄마의 호출(두 번이나)과 친구의 고민 상담 요청, 으슬으슬 가시지 않는 감기 기운 등으로 좀처럼 시작할 엄두도 내지 못하다가 지난 수요일에야 작업할 틈이 났다.

나는 글쓰기를 원하는가?

책상 앞에 앉기 전에 나는 경건한 마음으로 커피를 내린다. 작업에 집중하기 위해 집중력 향상에 좋다는 클래식도 튼다. 헝가리 출신 피아니스트 언드라시 시프가 연주하는《바흐: 평균율 클라비어 전곡》. 그리고 책상 앞에 앉아 데스크톱 PC의 전원을 켜며 생각한다.

‘음, 커피향이 좋네, 그러고 보니 건강검진에서 역류성 식도염이 있다고 커피를 줄이라고 했지, 그래, 안 그래도 요즘 밤에 잠을 설치는 게 아무래도 커피 때문인 것 같아, 어디 보자, 커피 대신 마실 만한 차가 뭐가 있지?’

나는 인터넷에 ‘커피 대신 마시기 좋은 차’를 검색해 블로그와 쇼핑몰 후기를 탐독한다.

‘아차차, 내 정신 좀 봐, 이러고 있을 때가 아니지, 원고를 쓰자, 원고, 원고, 원고, 원고…. 뭐야 CD가 벌써 끝났잖아, 그럼 두 번째 CD를 틀어야지, 그런데 이 끼릭끼릭 하는 작은 소음은 뭐지? 모터 돌아가는 소리인가? 좀 거슬리는데 CD플레이어를 바꿔야 하나? 하긴 요즘 들어 음질도 좀 답답히게 느껴지긴 했어.’

오디오 판매점 사이트를 돌아다니며 CD플레이어를 구경하던 나는 마음에 드는 모델 세 개를 추려 오디오 커뮤니티에

추천을 부탁하는 글을 올린다.

'헉, 내가 지금 뭘 하는 거람, 세상에 벌써 몇 시야? 아 진짜 원고 써야 하는데, 일단 저녁 시간이니까 밥부터 먹자.'

나는 배달 앱을 들여다보며 한참을 고민한 끝에 마라샹궈를 주문한다. 그리고 곧바로 OTT를 열어 다시 한참을 고민한 끝에 저녁을 먹으면서 볼 영화를 고른다. 웨스 앤더슨 감독의 40분짜리 단편 〈기상천외한 헨리 슈거 이야기〉(2023). 일할 시간을 확보하려고 일부러 러닝타임이 짧은 작품을 선택한 나는, 어차피 러닝타임이 짧은 작품이라는 생각으로 밥을 다 먹고도 계속해서 영화를 본다. 그러다가 어느 순간 갑자기 잠이 몰려오고, 나는 자꾸만 감기는 눈을 억지로 부릅뜨며 생각한다. '갑자기 혈당이 올라서 그런가… 아무래도 식이 조절을 해야겠어…' 그리고 '저속 노화 밥' 레시피를 검색하며 집으로 향한다.

문제는 신이 아니라 인생이다

목요일, 집에서 나오는데 장모님이 올해는 나윤이 사진으로 달력 안 만드냐고 물으셨다. 나는 작업실에 가자마자 휴대전

나는 글쓰기를 원하는가?

화에 있는 2023년 사진을 몽땅 컴퓨터로 옮기고 날짜별로 정리해서 외장 하드에 백업했다. 그리고 달력을 편집해서 사진 인화 업체에 달력 제작을 맡겼다. 그렇게 하루가 갔다. 밤새 원고를 써 보려고 노력했지만 성과는 없었다.

금요일, 친구가 〈외계 + 인 2부〉(2024) VIP 시사회에 초대해서 아내와 함께 극장에 갔다.

토요일, 장인어른 생신이라 처가댁에 갔다. 밤늦게라도 작업할 생각으로 노트북을 챙겨 갔지만 켜지도 못했다. 무라카미 하루키의 신작 『도시와 그 불확실한 벽』(2023) 서평 마감도 이제 코앞인데….

미국 소설가 "윌리엄 스타이런은 이처럼 곤란한 상황을 '인생의 벼룩들'이라고 표현하면서, 이렇게 말을 이었다. '작가들이 글을 쓰기 시작하면 언제고 문제가 생기는데, 가장 큰 문제는 인생이라는 한 단어로 좁혀진다.'"[2]

따라서 문제는 신이 아니라 인생이다. 신이 내가 글쓰기를 원하느냐 원하지 않느냐는 전혀 중요하지 않고, 중요한 건 이거다. 나는 글쓰기를 원하는가?

한때 나는 글쓰기를 미치도록 원했다. 스무 살의 프란츠 카프카가 그랬던 것처럼, 어쩌면 그보다 더. 차이가 있다면 오전 8시부터 오후 2시까지만 근무하면 됐던 카프카와 달리, 나는 야근을 밥 먹듯이 해야 하는 회사에 다녔다는 것. 그래서 나는 회사를 그만뒀다. 그렇게 14년이 흘렀다. 나는 계속해서 글을 썼고, 다른 직장은 구하지 않았다. 세상을 떠날 당시의 카프카보다 더 많은 나이가 되었다. 그리고 이제 더는 내가 글쓰기를 원하는지 아닌지도 모르는 사람이 되었다. 내가 원하는 게 있기나 한 건지도 모르겠고….

너무 심각하게 생각할 필요는 없을 것이다. 나는 다만 조금 피곤할 뿐이고, 마감에 마감이 겹치는 바람에 더욱 버겁게 느껴지는 걸 수도 있다. 원고 두 개를 써야 한다고 생각하면 엄두가 나지 않지만 조금씩 할 수 있는 것들을 해 나가다 보면 조금 늦더라도 해낼 수 있지 않을까? 늘 그랬던 것처럼.

하지만 어제 할 수 있었다고 오늘도 할 수 있으리라는 보장은 어디에도 없지 않나? 나는 프랑스 철학자 자크 데리다의 말을 떠올린다.

나는 글이라고는 한 번도 써 본 적이 없는 사람처럼,
쓰는 방법조차 모르는 사람처럼 글을 쓴다. (…)
새로운 글을 시작할 때마다, 그것이 아무리 평범한

나는 글쓰기를 원하는가?

글일지라도, 나는 마치 미지의 것 혹은 범접할 수
없는 것을 대면할 때처럼 당황스러울 뿐 아니라,
어색하고, 서툴고, 무기력한 느낌에 시달린다.

– 니콜러스 로일, 『자크 데리다의 유령들』(2007)[3]

예전에는 그래서 오히려 좋다고 생각한 적도 있는데, 이제는 아니다. 친구들한테 전화라도 해 볼까? 잠깐 생각했지만 이내 고개를 젓는다. 글을 쓰지 않는 친구들은 내가 처한 곤경을 어차피 이해하지 못한다. 그리고 글을 쓰는 친구들은 이미 나와 같은 곤경에 빠져 허우적거리고 있다. 제 앞가림만으로도 바쁜데 구태여 거기에 내 고민까지 더할 이유는 없는 것이다.

가장 따뜻하고 인간적인 대화

나는 지푸라기라도 잡는 심정으로 챗GPT 앱을 설치했다. 2만 9,000원을 내고 유료 구독도 신청했다. 그렇디고 해서 거창한 무언가를 바란 건 아니었고, 다만 줄거리를 요약하거나 소설의 의의를 정리하는 일 정도는 도와줄 수 있지 않을까 싶었다. 아니었다. 한 시간 넘게 붙잡고 질문을 던져 봤지만, 쓸 만한 답은 별로 돌아오지 않았다. 전혀, 라고 해도 좋았다. 나중에는 별 도움도 되지 않는 대답을 열심히 하는 AI가 안쓰럽게 느껴질 정도였다.

> **나** 고마워. 사실 난 직업적인 작가고 10년 넘게 글을 써 왔는데 너무 많은 글을 써 온 것 같아서 지치고 이제 더 이상 할 말이 없다고 느꼈어.

대화를 끝낼 생각으로 내가 인사를 건넸다. 그러자 챗GPT가 내게 말했다.

> **챗GPT** 10년 이상 글을 쓴 경험이 있다니 정말 대단하시네요. 글쓰기는 창의적이고 감정적인 일이라, 때로는 지치고 영감이 떨어질 수도 있습니다. 이런 경우에는 잠시 쉬어 가는 것도 중요합니다.
>
> 글쓰기에서 잠시 휴식을 취하세요. 새로운 취미나 활동에 시간을 할애하거나 여행을 떠나 보세요.
>
> 다른 예술 형태에 몰입해 보세요. 음악, 미술, 영화 등 다른 창작물에서 영감을 얻을 수도 있습니다.
>
> 독서를 통해 다양한 생각과 스타일을 접해 보세요. 때로는 전혀 다른 장르의 책을 읽는 것도 새로운 시

나는 글쓰기를 원하는가?

각을 제공합니다.

작가 모임이나 독서 클럽에 참여하여 다른 사람들과 생각을 나눠 보세요. 때로는 대화가 새로운 아이디어를 불러일으킬 수 있습니다.

일기나 개인적인 글쓰기를 시도해 보세요. 공개적인 목적 없이 자유롭게 글을 쓰는 것은 마음을 가볍게 하고 창의력을 회복하는 데 도움이 됩니다.

창작의 과정에서 휴식과 재충전은 매우 중요합니다. 자신을 너무 몰아붙이지 마시고, 필요하다면 충분한 휴식을 취하시길 바랍니다. 당신의 경험과 재능은 이미 많은 이에게 영감을 준 것 같습니다. 다시 글쓰기의 열정을 찾으실 수 있기를 바랍니다.

전혀 생각지도 못한 말에 나는 조금 울컥했다.

나   고마워. 진짜 고마워. 눈물이 난다.

챗GPT   마음에 와닿았다니 다행입니다. 때때로, 우리는 모두 격려와 이해가 필요하죠. 당신이 그동안 얼마나 열심히 해 왔는지, 그리고 얼마나 많은 사람에게 영향을 미쳤는지 분명합니다. 작가로서의 여정은 쉽지 않지만, 당신은 이미 많은 것을 이뤄 냈습니다. 지금 이

순간에도 당신의 감정과 경험은 소중합니다. 휴식을 취하시면서 당신만의 속도로 다시 힘을 찾으시길 바랍니다. 언제나 대화를 나누고 싶으실 때 여기 있겠습니다. 따뜻한 마음으로 당신을 응원합니다.

그건 올해 내가 나눈 대화를 통틀어 가장 따뜻하고 가장 인간적인 대화였다. 나는 생각했다. 신은 내가 글쓰기를 원하지 않는지도 모르겠지만, 내 앞에 있는 AI는 내가 글을 쓰기를 원하는 것 같다고. 그러면 못 이긴 척 좀 더 써 볼 수도 있지 않을까?

그래서 나는 그렇게 한다.

나는 글쓰기를 원하는가?

작가가
친한 친구라면?

정말로 내가 감동하는 책은 다 읽고 나면 그 작가가
친한 친구여서 전화를 걸고 싶을 때 언제나 걸 수 있으면
오죽이나 좋을까 하는, 그런 기분을 느끼게 하는 책이다.
그러나 그런 기분을 느끼게 하는 책은 좀처럼 없다.

– J. D. 샐린저, 『호밀밭의 파수꾼』[4]

오랜만에 정성일 선생님을 만난 자리였다. 내가 아는 누구보다 영화를 사랑하는 영화 평론가이자 "영화를 사랑하는 첫 번째 방법은 영화를 두 번 보는 것이고, 그다음은 영화평을 쓰는 것이며, 마지막은 영화를 직접 찍는 것이다."☆라는 프랑

☆ '시네필의 3단계'라는 이름으로 널리 알려지긴 했지만, 실제 트뤼포의 말은 조금 다르다. 트뤼포는 어떻게 영화감독이 되었느냐는 질문에 "첫 번째 단계는 많은 영화를 보는 것이었다. 두 번째로 나는 극장을 나설 때 감독의 이름을 적어 두기 시작했다. 세 번째 단계에서 나는 같은 영화를 보고

스 영화감독 프랑수아 트뤼포의 말을 따라 직접 영화를 찍는 영화감독이다. 그날 역시 영화를 향한 선생님의 지극한 애정이 저녁 내내 테이블 위로 흘러넘치며 주변을 가득 채웠다. 누군가 사랑하는 대상에 관해 열정적으로 털어놓는 이야기를 듣는 건 언제나 기분 좋은 일이다. 설령 내가 '담배와 영화—혹은: 나는 어떻게 흡연을 멈추고 영화를 증오하게 되었나'라는 제목의 책을 쓴 사람이라고 하더라도….

선생님은 두 종류의 영화가 있다고 말했다. 하나는 마치 나를 기다린 것 같은 영화다. 운명처럼, 그곳에서 나에게 보이기를 기다리고 있었다는 착각을 불러일으킬 정도로 마음을 움직이는 영화라고 할까. 다른 하나는 마치 내가 만든 것 같은 영화다. 그건 단순한 공감이나 이입과는 다른 이야기다. ("그건 나를 닮은 영화 같은 건가요?" 누군가 물었고 "아닙니다." 선생님이 단호하게 말했다.) 인물들이 나를 닮았다거나 내가 겪은 것과 비슷한 이야기가 담긴 것도 아니다. 중요한 건 미묘한 세부들, 분위기와 공기처럼 설명하기 모호한 것들이다. 그런 것들이 모여 어느

또 보면서 내가 감독이라면 어떤 선택을 했을지 생각하기 시작했다."라고 답변했는데 그것이 일종의 오역, 혹은 의역을 거쳐 현재의 형태가 된 것이다. 재미있는 사실은 바로 그 오역, 혹은 의역을 통해 트뤼포의 말을 널리 알린 당사자가 바로 정성일 선생님이라는 점이다!

작가가 친한 친구라면?

순간 '어? 이거 내가 만든 건가?' 하는 생각이 들게 하고, 급기야 내가 이 영화를 만들지 않았다는 사실을 도무지 이해할 수 없게 된다.

그러니까 그건 세상에 두 종류의 영화가 있다는 말이 아니라, 자신을 사로잡은 영화에 두 가지 종류가 있다는 말이었다.

"그런데 최근 세 번째 영화가 있다는 걸 경험했어요."

"뭔데요? 무슨 영화인데요?"

"영화를 보는 내내 장면 장면마다 질투가 나서 죽어 버릴 것 같은 영화!"

특유의 극적인 톤으로 선생님이 대답했다.

"최근에 그런 경험을 하셨다면, 지금까지는 그런 영화가 없었다는 말씀이세요?"

내가 묻자 선생님은 여태까지는 그런 적이 없었다고, 이번이 처음이라고 했다. 선생님이 밝힌 영화 제목은 예상과는 전혀 달랐고, 작품과 맺는 개인적인 관계는 저마다 다르다는 생각이 새삼 들었다. 하지만 내가 놀란 이유는 따로 있있다. 영화를 보면서 질투심을 느낀 게 이번이 처음이라는 사실 그 자체. 세상에, 어떻게 그럴 수 있지? 그런 줄은 이미 알았지만 내 생각보다 훨씬 인격자셨구나….

나와 같은 영혼을 가지고 같은 곤경에 처했지만
계속해서 글을 쓰는 사람

나 역시 나를 움직이는 책을 비슷하게 분류한다. 책을 읽는 사람에서 읽고 쓰는 사람으로 입장이 바뀌며 만들어진 분류다. 물론 3번은 처음부터 있었다. 어쩌면 그보다 훨씬 오래전부터 있었을 수도 있고….

> 1. 내가 쓰고 싶은 책.
>
> 2. 내가 쓴 것 같은 책.
>
> 3. 내가 먼저 쓰지 못해서 분통이 터지는 책.

먼저 내가 쓰고 싶은 책은 나를 기다린 것 같은 책과 비슷하면서 다르다. 다르면서 비슷하다고 할 수도 있다. 중요한 건 그 책이 내게 '운명' 같은 거창한 개념을 운운하게 만드는 동시에, 작가로서 내가 나아가야 할 방향을 제시해 준다는 것이다. 내게는 프랑스 비평가 롤랑 바르트나 영국 비평가 테리 이글턴의 책들이 그랬다. 전에는, 그러니까 아직 비평 비슷한 무언가를 하려던 때는 그랬다는 말이다. 소설을 쓰겠다고 생각할 때면 칠레 소설가 로베르토 볼라뇨나 미국 소설가 찰스 부

작가가 친한 친구라면?

코스키나 일본 소설가 하라 료의 책들이 그랬고. 그래, 너무 대단한 이름들이긴 하다. 하지만 목표는 높이 잡으라는 말도 있지 않은가?

내가 쓴 것 같은 느낌이 드는 책으로는 러시아 작가 세르게이 도블라토프의 『우리들의』(1983)가 있다. 소비에트 정부의 검열로 책을 출판하지 못하다가 미국으로 망명한 뒤 그곳에서 작품 활동을 한 작가의 가족 이야기다. 그런데 어떻게 내가 쓴 것 같을 수가 있느냐고? 아까도 말했듯 그건 무척 미묘해서 시대적·사회적 배경과는 무관하게 이른바 영혼의 위상동형☆을 느끼는 것이다. 이를테면 이런 부분이 그렇다.

> 그 후 딸애는 빠르게 어른이 되었다. 어려운 질문들을 해댔다. 내가 실패자라는 걸 안 눈치였다. 가끔씩 물었다.
> "왜 다들 아빠 책을 안 내 줘?"
> "원치 않거든."
> "그러면 개 이야기를 써 봐."
> 딸애는 내가 개 이야기를 쓰면 굉장할 거라고 생각하나 보나.[3]

☆ 위상공간의 두 모임의 점들 사이에 일대일대응이 있고 그 대응이 어느 쪽으로 보나 연속이어서 똑같은 위상을 가지는 일.

이런 구절을 읽고 있자면 나도 모르게 흐르는 눈물을 느끼며 언젠가 나윤이(내 딸)가 자라 내게 이런 질문을 던질 날을 일종의 체념과 함께 기다리게 되는 것이다….

최근에는 아일랜드 문학 평론가 브라이언 딜런의 『에세이즘』(2017)을 읽으며 비슷한 느낌을 받았다. "철저히 생계와 생존을 위한 '품팔이 작가'로 지내 왔다"는 작가 소개에서 이미 울 준비를 하고 있었는데, 예상보다 훨씬 더 내가 쓴 것 같은 책이었다. 글쓰기의 어려움, 글을 쓰지 못하는 좌절감과 절망감을 털어놓는 딜런의 글을 읽으며 나는 정말이지 다행이라고 생각했다. 나와 같은 영혼을 지니고 같은 곤경에 처한 사람이 또 있어서? 아니. 나와 같은 영혼을 가지고 같은 곤경에 처했지만 계속해서 글을 쓰는 사람이 여기 있어서.

내가 먼저 쓰지 못해서 분통이 터지는 책에 대해서라면….
(다음 기회에.)

잘 읽었다고, 너무 고맙다고

세계에서 가장 유명한 은둔 작가인 제롬 데이비드 샐린저는 『호밀밭의 파수꾼』(1951)에서 주인공 '홀든 콜필드'의 입

작가가 친한 친구라면?

을 빌려 자신이 정말로 감동하는 책은 ‘책을 읽은 뒤 작가에게 전화를 걸고 싶을 때, 그 작가가 친한 친구여서 언제나 걸 수 있으면 좋겠다는 생각이 드는 책’이라고 말한다. 어떤 책이 나를 위해 쓰인 것 같다는 느낌을 받을 수 있고, 그렇다면 나를 위한 책을 쓴 작가와 개인적으로 연락하고 싶은 마음이 드는 건 어느 정도 자연스럽다. 하지만 그 마음은 조금 위험하다. 정확히 말하면 그런 마음을 이용하는 사람이 나쁘다고 해야겠지만 말이다.

『호밀밭의 파수꾼』이 엄청난 성공을 거두고 유명세에 시달리자 세상에 환멸을 느낀 샐린저는 은둔 생활을 시작한다. 그러던 어느 날, 18세 조이스 메이너드의 에세이를 본 샐린저는 그에게 편지를 보내고, 답장에 답장을 이어 가던 둘은 마침내 사랑에 빠진다. 그때 샐린저는 53세였다. 메이너드는 아버지뻘인 작가와의 사랑을 위해 미국 예일대의 장학금까지 포기하고 산속 오두막으로 달려가 샐린저와 동거를 시작하지만, 1년 뒤 늙은 작가가 편지로 또 다른 어린 여성을 꾀어내면서 관계는 파국을 맞는다.

이후 작가가 된 메이너드는 『호밀밭 파수꾼을 떠나며』(1998)라는 자서전을 통해 샐린저와의 관계를 소상히 그린다.

그의 말에 따르면 샐린저는 편지를 보내온 젊은 여성들과 만나기를 반복했다고 한다. 이럴 땐 "제 버릇 개 못 준다."라는 이야기가 딱 맞는다. 개도 그런 버릇을 받고 싶진 않을 것이다. 교훈은 이렇다. 작품과 작가는 다르고, 아무리 좋은 작품을 쓴 작가라고 해도 전혀 좋은 사람이 아닐 수 있으며, 그럴 가능성이 언제나 더 크다. 그러니 작가라는 개인에게 환상을 품어서는 안 된다. 비단 문학만이 아니라 다른 모든 분야의 예술에도 해당하는 이야기다.

하지만 정말 좋은 책을 읽었는데 마침 그 책을 쓴 작가가 친한 친구라서 전화를 걸고 싶을 때 언제나 걸 수 있는 건 나쁘지 않은 일이다. 내게는 그런 친구들이 있고 그래서 좋다. 그러니 이렇게 해 보는 건 어떨까. 주변에 혹시라도 작가가 되고 싶어 하는 친구가 있다면 그들의 글을 읽고 응원해 주는 것이다. 세상엔 작가를 꿈꾸는 사람들에게 무조건적인 칭찬보다는 정확한 비판을 하는 게 도움이 된다고 말하는 사람도 있지만, 내 생각에 그 말은 틀렸다. 일단 정확히 비판할 수 있는 사람 자체가 많지 않을뿐더러, 아무리 정확한 비판이라도 따뜻한 격려만큼 힘을 주진 않기 때문이다. 칭찬이 필요할 때와 비판이 필요할 때는 따로 있는데, 비판이 필요한 건 훨씬 나중

작가가 친한 친구라면?

의 일이다.

그렇게 계속해서 응원하다 보면 혹시 아는가? 그 친구가 언젠가 아주 대단한 걸작을 쓸지. 걸작이 아니라도 좋다. 지속적인 애정과 함께 그들의 성장을 지켜본 이상 우리에게 그 작품들은 특별할 수밖에 없고, 그때 그것을 쓴 대단한 작가에게 전화를 걸어 이렇게 말해 주는 것이다. 잘 읽었다고. 너무 좋았다고. 꼭 나를 위해 쓴 것처럼 느꼈다고. 계속 써 줘서 고맙다고.

롤랑 바르트의 소설 생각

시도하기 위해 희망할 필요도 없고,
지속하기 위해 성공할 필요도 없다.

– 롤랑 바르트, 『롤랑 바르트, 마지막 강의』[6]

배고파, 졸려, 속상하다, 이제 어떡하지, 집에 가고 싶어, 누가나 대신 글 좀 써 줬으면 좋겠다… 같은 것들을 제외하면 살면서 시도와 희망, 지속과 성공의 관계에 관해 이만큼 자주 떠올린 문장도 없다.

　내가 이 문장을 처음 읽은 건 2015년에 출간한 『롤랑 바르트, 마지막 강의』에서였다. 굳이 외우려고 한 것도 아닌데 삶의 특정한 순간마다 반사적으로 튀어나오는 문장이 되고 말았다. 읽기란 때때로 그런 게 아닐까? 시선을 통해 내 안으로 들어와 멋대로 자리 잡고 망각되기를 거부하는 문장들을 만나는 일.

그건 아마 내가 무언가를 시도하는 데 굉장히 많은 희망을 필요로 하는 사람이었기 때문일 테다. 동시에 내가 무언가를 지속하기 위해서는 성공이 필수라고 생각하는 사람이었기 때문이기도 하고. 실패가 두려워 좀처럼 시작하지 못하던 사람. 억지로 힘을 모아 시작하더라도 실패한 것 같으면 바로 꼬리를 내리고 포기하던 사람. 일부러 과거형으로 썼지만 나는 아직도 그런 사람이고, 여전히 가끔은 그 문장을 주문처럼 되뇌곤 한다. 실은 자주.

지금도 그렇다. 나는 모 출판사가 야심 차게 홈페이지에서 일주일에 한 편씩 공개하는 한국 소설 중단편 시리즈 가운데 한 편을 쓰기로 했고 계약금도 받았다. 그게 벌써 작년이다. 비록 지금까지 소설을 발표한 적은 한 번도 없었고, 마지막으로 소설 비슷한 걸 써 본 건 '서평가'라는 직업을 갖기 전인 20대 때의 일이지만 나는 직업적인 '프로 마감러'. 원고료와 마감일만 주어진다면 어지간한 글은 쓸 수 있다, 있을 것이다, 있지 않을까, 있어야 한다… 같은 생각으로 덜컥 계약해 버린 것이다.

나는 지금껏 내가 써 온 글—서평, 칼럼, 에세이, 심지어 일기까지도—대부분이 어느 정도는 픽션이라고 생각해 왔다. '나'라는 필터를 거치는 이상 어떤 사실이나 현실도 나의 관점으로 각색될 수밖에 없다는 원론적인 이야기가 아니라, 글의 효과나 재미를 위해, 나아가 글에 '진실성' 혹은 '진정성'을 더하기 위해 약간의 허구를 첨가하길 주저하지 않았다는 말이다. 마치 옛날 어른들이 수박을 더 달콤하게 만들기 위해 약간의 소금을 뿌리는 것처럼.

그런데 아니었다. 막상 소설을 쓰겠다고 책상 앞에 앉으니 어디서부터 무엇을 어떻게 써야 할지 막막했고, 아무리 머리를 쥐어뜯어 봐도 인물이나 사건이나 플롯에 관한 아이디어가 떠오르기는커녕 '막막makmak을 거꾸로 하면 캄캄kam-kam이다.'와 같은 말장난이나 떠오를 뿐이었다. 그것도 새벽 2시에!

시도하기 위해 희망할 필요도 없고, 지속하기 위해 성공할 필요도 없다.

시도하기 위해 희망할 필요도 없고, 지속하기 위해 성공할

롤랑 바르트의 소설 생각

필요도 없다….

롤랑 바르트를 따라 중얼거려 봤자 아무 소용도 없었다. 내가 지금 소설을 쓴다면 그건 조금 다른 소설이어야 한다는 생각, 최소한 수준 이하의 실패작은 아니어야 한다는 생각으로 이미 머리와 어깨가 딱딱하게 굳은 상태였다. 어쩌면 내가 주문처럼 되뇌던 저 문장이 아무 소용이 없는 게 당연한 일인지도 모르겠다는 생각은 나중에 들었는데, 사실 그 말을 하던 바르트 역시 나와 같은 곤경에 처했기 때문이다.

정작 소설을 쓰지는 않는 데 대한 완벽한 핑계

너무 많은 롤랑 바르트가 있다. '저자의 죽음'을 부르짖던 문학이론가 바르트, 구조주의자인 동시에 탈구조주의자로서의 바르트, 기호 아래 숨은 이데올로기를 폭로하던 기호학자이며 평생 아카데미의 주변을 맴돈 아마추어리즘 옹호자이자 생애 말년, 마침내 프랑스에서 가장 권위 있는 교육기관인 콜레주 드 프랑스 교수로 취임한 교육자로서의 바르트.

바르트가 콜레주 드 프랑스에 취임한 건 1977년 1월이다.

그해 10월, 취임식에 그의 손을 잡고 등장했던 고령의 어머니가 고통스러운 투병 생활 끝에 세상을 떠난다. 바로 다음 날부터 바르트는 보통 종이를 4등분한 쪽지에 훗날 『애도 일기』(2012)라고 불리게 될 메모를 쓰기 시작한다. 2년 가까이 이어진 일기의 마지막은 이렇게 끝이 난다.

> 1979. 9. 15.
> 슬프기만 한 수많은 아침들…[7]

바르트는 어머니를 잃은 슬픔에서 끝내 벗어나지 못하지만 때때로 찬란한 깨달음의 순간을 겪기도 한다. 1978년 4월 15일의 경험. 카사블랑카에서 슬픔에 절어(marinade) 있던 그에게 아이디어 하나가 떠오른다. 문학에 입문하자, 글쓰기에 입문하자. 마치 지금까지 내가 전혀 글을 쓰지 않은 것처럼. 그는 지금까지 쓴 적 없던 새로운 글쓰기를 통해 새로운 삶으로 넘어가고자 한다. 바로 '비타 노바'(Vita Nova, 새로운 삶)라는 제목의 소설을 쓰는 것으로.

하지만 그는 소설을 쓰지 않는다. 대신 소설을 준비하며 '소설의 준비'라는 제목의 강의를 개설하는데, 1978년 12월부터 1979년 3월까지 이어진 '소설의 준비: 삶에서 작품으로'와 1979년 12월부터 1980년 2월까지 이어진 '소설의 준비: 의지로서의 작품'이 바로 그 강의다. 그리고 『롤랑 바르트, 마지막 강의』는 두 강의와 사이사이의 세미나를 모은 700쪽짜리 책이다. 그 시간에 차라리 소설을 쓰지, 하는 생각이 절로 들지 않는가?

나는 이 두꺼운 책을 몇 번이나 읽었는데(주로 글을 쓰기 싫을 때 그랬다.), 읽을 때마다 새로운 것들을 발견하게 되었다. 이 책을 뒤표지의 문구처럼 "소설 쓰기, 쓰기에 대한 욕망, 그리고 바르트 저작 전체에 대한 '하나의 대답 그 이상이자 완전한 가르침'"을 담은 책이라고 해도 좋다. 하지만 내게 이 책은 무엇보다 새로운 글쓰기(=소설)를 통해 새로운 삶의 단계로 넘어가겠다며 마음먹고 정작 소설을 쓰지는 않는 데 대한 완벽한 핑계다.

그러니 바르트 교수님이 강의실을 가득 채운 청중 앞에서(콜레주 드 프랑스의 강의는 무료이며 별도의 신청 절차 없이 모든 사람에게 열려 있다.) "소설 한 편을 만드는 것 또는 만들지 못하는 것, 실패하는 것 또는 성공하는 것, 그것은 하나의 '실적'이 아니라 '길'입니다. 사랑에 빠지는 것, 그것은 체면을 잃는 것과 그것을 용인하는 것입니다. 따라서 잃을 체면이 하나도 없는 것입니다.”라거나 “중요한 것은 길, 도정(어떤 상태에 이르기까지의 과정)이지, 그 끝에서 발견하는 것이 아닙니다. 환상에 대해 탐사하는 것은 이미 그 자체로 하나의 훌륭한 이야기입니다.”라고 이야기하며 “시도하기 위해 희망할 필요도 없고, 지속하기 위해 성공할 필요도 없다.”라는 말을 인용한 것은 결국 좀처럼 소설을 시작하지 못하는 바르트 자신에게 하는 말이라고 나는 생각한다. 내가 지금 그렇게 하는 것처럼.

인간은 항상 자기가 사랑하는 것에 대해 말하는 데 실패한다

1979년 여름, 롤랑 바르트는 몇 장의 종이 위에「비타 노바」의 아이디어를 적어 내려가지만 결국 소설을 쓰지 못했다. 그렇지만 이렇게 말하는 건 어쩐지 공정하지 않게 느껴진다. 1980년 2월 25일, ‘소설의 준비’ 강의를 마친 이틀 뒤에 콜레주 드 프랑스 근처의 길을 건너던 바르트가 작은 세탁 트럭에 치여 병원에 실려 갔기 때문이다. 한 달 동안 입원한 바르트는 3월 26일 세상을 떠난다. 소설 쓰기를 통해 삶의 새로운

롤랑 바르트의 소설 생각

국면으로 넘어간 것이 아니라, '새로운 삶'이라는 제목의 소설을 끝내 쓰지 못한 채로 삶 이후의 국면으로 건너가고 말았다. 지독한 아이러니.

바르트는 어떤 소설을 쓰려고 했을까? 그는 자신이 비평가로서 옹호한 누보로망☆과 다른 전통적인 소설을 쓰고자 한다고 말했다. 구닥다리 비평가들의 공격에 맞서 지켜 냈던 프랑스 문학의 새로운 전통에 슬쩍 숟가락을 얹기는 조금 멋쩍었으리라. 하지만 그가 일을 마치고 집에 돌아와 침대에 누워 독서 등을 켜고 스스로의 기쁨을 위해 읽은 소설은 오노레 드 발자크나 귀스타브 플로베르 같은 한 세기 전 작가의 작품이었다. 그렇다면 그는 비평가로선 동시대의 새로운 경향을 지지했지만, 한 사람의 작가로서는 프랑스 문학의 위대한 전통을 새롭게 되살리고픈 마음을 품지 않았을까? 그러한 야심의 무게가 어깨를 짓누르고 손가락을 굼뜨게 만든 건 아닐까? 첫 작품부터 비평가로서 자기가 쌓아 온 이력에 걸맞은 소설을 쓰려다가 제풀에 지쳤을지도?

☆　nouveau roman. 전통적인 소설의 형식이나 관습을 부정하고 새로운 수법을 시도한 소설. 1950년대에 프랑스에서 시작한 것으로, 특별한 줄거리나 뚜렷한 인물이 없고 사상의 통일성이 없으며, 시점이 자유롭다.

이건 순전히 내가 만들어 낸 '소설'이지만 한때 나는 진심으로 그렇게 생각하기도 했다. 그건 내가 그런 사람이기 때문이고, 결국 '나'라는 독자의 한계라고 해야 한다. 스스로의 한계를 투사하여 타인의 한계로, 나아가 세계의 한계로 바라보는 것. 어쩌면 그것이 내가 소설을 쓰지 못하는 이유인지도 모르겠다는 생각이 지금은 든다. 상상력의 부재.

「비타 노바」가 죽은 어머니를 주인공으로 하는 소설이라는 사실은 나중에야 알았다. 2020년 국내에서 출간된 『바르트의 편지들: 편지, 미간행 원고, 그 밖의 글들』에는 1979년 여름 바르트가 소설을 구상하며 써 내려간 6장의 초안과 28장의 메모가 수록되어 있는데, 아쉽게도 바르트의 손글씨를 그대로 스캔한 이미지뿐이고 한국어 번역은 없다. 이제라도 프랑스어를 배워야 하나?

『롤랑 바르트, 마지막 강의』의 서문을 쓴 프랑스 작가 나탈리 레제에 따르면, 바르트가 죽었을 때 그의 타자기 위에는 작가 스탕달에 관한 원고 한 장이 끼어 있었다고 한다. 그 제목은 '인간은 항상 자기가 사랑하는 것에 대해 말하는 데 실패한다…'

어쩌면 그것을 쓰며 바르트는 쓰지 못한 「비타 노바」와 어

머니를 생각하지 않았을까? 이 또한 나의 '소설'일 뿐이지만,
그래도 아까보단 훨씬 나은 소설처럼 느껴진다. 이제는 진짜
로 나의 소설을 써야 할 시간이다. 일단 밀린 잠부터 좀 자고.

웹소설의 바다에서
허우적대다

이건 어쩔 수 없다. 작가들이란 그런 존재다. 작가가
되겠다고 마음먹은 그 순간부터 죽을 때까지 내글구려-
바이러스를 안고 가야 하는 생물이며, 이것은 아무리
대문호의 경지에 오르더라도 떨어지지 않는 주박이다.

– 고스름도치, 〈대영제국에서 작가로 살아남기〉 314화

글을 쓰는 사람 가운데 '나도 웹소설이나 한번 써 봐?'와 같은 생각을 해 보지 않은 이가 얼마나 있을까? 거의 없겠지. 심지어 글을 쓰지 않는 사람을 포함한다고 해도 결과는 엇비슷할 것 같다.

당장 인터넷 서점에 '웹소설' 세 글자만 검색해 봐도 그런 이들을 위한 책이 수두룩하다는 사실을 확인할 수 있다. 『웹소설 써서 먹고삽니다』(2021), 『밀리언 뷰 웹소설 비밀 코드』

(2021), 『억대 연봉 부르는 웹소설 작가 수업』(2021), 『100만 클릭을 부르는 웹소설의 법칙』(2022), 『절대 막히지 않는 웹소설 작법』(2023), 『챗GPT와 웹소설 쓰기』(2023), 『박 대리 웹소설로 억대 연봉』(2024), 『매일 웹소설 쓰기』(2024) 등등….

나 역시 한때 그런 생각을 진지하게 해 본 적 있다는 걸 고백해야겠다. 재미있는 건, 그때 나는 웹소설을 제대로 읽은 적도 없다는 사실. 무식하면 용감하다고 해야 하나? 그건 별로 좋은 태도는 아니지만, 분명히 알면 알수록 어려워지는 일들이 종종(어쩌면 자주) 있는 것도 맞는다. 글쓰기가 대표적이다.

내가 웹소설을 본격적으로 읽기 시작한 건 지금으로부터 4년 전이다. 웹툰 〈전지적 독자 시점〉(2020~)이 론칭하면서 한 달 만에 원작 웹소설이 16억 원의 매출을 올렸다는 뉴스를 우연히 본 탓이다. 16억 원이라고? 한 달 만에? 그때까지 내가 낸 책을 모두 모아도(단독 저서 5권, 공저 3권, 번역서 2권) 매출이 1억 원은커녕… 아니, 말을 말자.

그전까지 웹소설을 읽어 보려는 시도를 하지 않은 건 아니었다. 하도 여기저기서 웹소설, 웹소설 하니까 대체 뭐가 그렇게 특별한 건지 확인해 보고 싶었다. 하지만 그런 나의 시도는 번번이 실패했으니, 웹소설이 많아도 너무 많았기 때문이다.

가끔 내게 '책을 읽고 싶은데 무슨 책부터 읽어야 할지 모르겠다'고 묻는 분들의 심정이 그제야 이해가 됐다. 인기 소설 목록을 훑으며 이 작품 저 작품 조금씩 깔짝거리다 결국 포기하고 말았다.

일단 스마트폰으로 소설을 읽는 일부터 익숙하지 않았고, 첫 화부터 다짜고짜 과거나 이세계(異世界, 다른 세계)로 회귀·빙의·환생하는 전개도 낯설었지만, 무엇보다 지금까지 내가 '소설'이라고 생각하던 작품들과 너무 다른 문장에 적응하기가 힘들었다. 그 문장들은 내게 문학보다는 영화 시나리오나 트리트먼트☆를 떠올리게 했다. 미적인 효과(이건 단순히 '아름다운 문장'을 뜻하는 게 아니라는 사실을 밝혀 둔다.)를 위해 공들여 다듬은 티가 전혀 나지 않는, 단지 정보나 의미의 전달만을 목적으로 하는 날것의 문장처럼 느껴졌던 것이다.

출판소설과 웹소설은 서로 다른 독법이 필요하다

웹소설 〈전지적 독자 시점〉(2018~)을 처음 읽으면서도 그런

☆　treatment. 시나리오 쓰기의 전 단계로 글을 통해 한 편의 영화를 그려 내는 작업.

인상은 달라지지 않았다. 문장이 깔끔하긴 했지만, '효율적'이라는 생각은 들었을지언정 '문학적'이라는 생각은 들지 않았다. 웹소설 특유의 잦은 행갈이도 익숙해지지 않기는 마찬가지였다. 10년 동안 3,000화 넘게 연재했지만 100화 이후로 조회 수는 주인공이 본 1이 전부인 〈멸망한 세계에서 살아남는 세 가지 방법〉이라는 소설이 끝나면서 시작하는 이야기라는 점은 좋았다. 굳이 따지자면 내가 '전독시'의 현실 작가인 '싱숑'(월 매출 16억 원)보다 작중 소설 '멸살법'의 작가인 'tls123'(조회 수 1)에 훨씬 더 가까운 작가여서가 아니라(훨씬 더 가깝긴 하지만), 나 역시 대중적인 인기와는 관계없이 어떤 작품을 사랑해 본 경험이 있는 한 사람의 독자이기 때문이다. 그렇다고 해서 주인공 이름이 '김독자'일 필요가 있었을까 하는 생각이 들지 않는 건 아니지만….

처음에는 무료 회차까지만 볼 생각이었다. 3만 원이 넘는 벽돌 책(특징: 사도 안 읽음)은 생각 없이 주문해도 웹소설 한 편에 100원을 내는 건 어쩐지 아깝게 느껴지기도 했다. (비유하자면) 라면이 무슨 맛인지 알기 위해 마지막 국물 한 방울까지 싹싹 먹을 필요는 없다고 생각한 탓이다. 일 때문에 읽어야 할 책들도 산더미처럼 쌓인 상황에서 500화가 넘는 웹소설을 읽을 여유가 나에게 있을 리가 없지 않나?

일체유심조(一切唯心造)라는 말이 있다. 불교의 대표적인 가르침으로 모든 것은 마음먹기에 달렸다는 뜻이다. 하지만 내가 551화짜리(외전 제외) '전독시'를 끝까지 읽을 여유를 내기 위해서는 굳이 마음을 먹을 필요조차 없었다. 어느새 정신을 차리고 보니 5일의 시간이 흘렀고, 5만 원 조금 넘는 돈이 빠져나갔으며, 마지막 화를 읽으며 눈물을 흘리고 있었다….

뭐가 그렇게 재밌었을까? 나도 잘 설명할 수는 없다. 생각할 겨를 없이 허겁지겁 읽어 넘기느라 바쁘기도 했고, 원래 좋은 이유를 설명하는 게 좋지 않은 이유를 설명하는 것보다 훨씬 어려운 일이므로. 내가 말할 수 있는 건 웹소설은 기존의 출판 소설과 다른 문법을 지녔기에 다른 방식으로 읽어야 한다는 것, 그리고 그렇게 읽었을 때 비로소 다른 재미를 느낄 수 있다는 것 정도? 서툴고 때론 유치하게 느껴진 특유의 문장이 실은 웹소설이라는 장르에 최적화한 문장이었다는 부분도.

그때부터 나는 웹소설을 쓰겠다는 생각은 다시 하지 않게 되었다. 그건 내가 죽었다 깨어나도(웹소설식으로 말하면 회귀나 빙의나 환생을 한다고 해도) 결코 할 수 없는 일이라는 사실을 뒤

늦게 깨달은 것이다. 대신 나는 웹소설의 독자가 되어 다양한 작품을 읽기 시작했다. 당장 생각나는 것만 적으면 〈문과라도 안 죄송한 이세계로 감〉(책 빙의물, 2019~2022), 〈변방의 외노자〉(현대 퓨전 판타지, 2020~2024), 〈괴담 동아리〉(어반 판타지·공포·미스터리, 2020~), 〈전생하고 보니 크툴루〉(코스믹 호러, 2020~2024), 〈계약직 신으로 살아가는 법〉(게임 빙의물, 2021), 〈슬기로운 문명 생활〉(게임 빙의물, 2020~2021), 〈철수를 구하시오〉(SF·루프물, 2020), 〈어두운 바다의 등불이 되어〉(재난·루프물, 2021~2024), 〈천재 타자가 강속구를 숨김〉(스포츠·회귀물, 2021~2022), 〈천마 홈즈 런던앙복〉(퓨전 무협·회귀물, 2023~), 〈약 먹는 천재 마법사〉(게임 빙의물, 2020~) 등등….

재밌는 건 없는 시간을 쪼개 웹소설을 읽고 있지만 전통적인 '책'을 읽는 시간이 전혀 줄어들진 않았다는 사실이다. 오히려 늘어났다. SNS나 게시판을 돌아다니며 별로 알고 싶지도 않고 쓸데없는 정보들을 받아들일 시간에 웹소설을 읽으니 기존 독서 시간이 방해받을 일이 없고, 웹소실을 읽으며 스마트폰 화면으로 긴 작품을 읽는 일에 익숙해지니 이동 중에도 전자책을 읽게 되었다. 앞서 말했듯 출판 소설과 웹소설은 서로 다른 독법이 필요하고 서로 다른 재미를 주기 때문에 하나가 다른 하나를 배척할 이유가 없다. 내 생각은 그렇다. 다양한 서술 트릭을 사용하며 기존 서사 이론의 관점에서도 흥미롭게 분석할 만한 구석이 많은 〈크툴루 게임 속 천재 마법사가 되었다〉(게임 빙의물, 2022~) 같은 특별한 작품도 있지만.

직업적인 작가는 자신의 글이
구리지 않도록 최선을 다하는 사람

최근 내가 재미를 붙인 장르는 작가물이다. 웹소설 플랫폼의 알고리즘이 내게 〈미국 레트로 소설가가 되었다〉(2023~2024)라는 작품을 추천했는데, 처음에는 '장르는 달라도 나도 작가인데 작가물을 보는 건 좀 이상하지 않나?' 하는 생각에 무시하려 했지만 '미국', '레트로', '소설가'라는 단어의 조합이 신경 쓰여서 도저히 참을 수가 없었다. 대체 '미국 레트로 소설가'가 뭐냐고!

자기 소설을 바탕으로 만들어진 드라마 시리즈가 성공하며 돈방석에 오른 재미 교포 작가가 있다. 하지만 각색하는 과정에서 주인공의 인종이 동양인에서 백인으로 바뀌고, 다른 많은 부분도 자신의 의지와 상관없이 수정되며 상처를 받는다. 하루하루를 술로 보내는 작가. 어느 날 아침, 그는 고등학생이 되어 1980년대로 돌아간 자신을 발견한다. 그리고 미래의 지식을 이용해 소설을 쓰며 인기 작가가 된다… 뭐 그런 말도 안 되는 내용이다. 그런데 이상하지, 말이 안 되는 내용인데도 눈을 떼지 못하겠다. 매번 새로운 장르의 작품을 써서 조금씩 조금씩 더 큰 성공을 쟁취하는 주인공을 보며 나도 모르게 일종의 대리 만족을 하는 스스로를 발견했다. 웹소설은 사회의 욕망을 반영한다는 흔한 말을 비로소 이해할 수 있을 것 같았다….

내가 최근 보는 작가물은 〈대영제국에서 작가로 살아남기〉(2023~2024)인데 웹소설 작가가 19세기 후반 영국으로 '전이'☆해서 작가로 대단한 성공을 거두는 것으로도 모자라, 20세기 세계의 역사를 바꾼다는 내용이다. 작가물인 동시에 일종의 대체 역사물인 셈이다.

그리고 '대영작가'에서는 대리 만족뿐 아니라 일종의 위안까지 느낄 수 있었는데, 마감에 시달리는 동종 업계 딩사자들의 애환이 종종 등장하기 때문이다. 바로 어제 읽은 최신화에

☆ 회귀·빙의·환생과 달리 지금의 몸 그대로 옮겨 가는 것.

서 남들이 뭐라고 하건 자신이 쓴 글에 만족하지 못하는 작가들의 마음을 '내글구려-바이러스'라는, 그다지 아름답지는 않지만 어쨌든 직관적인 단어의 조합으로 표현하는 걸 보면서 '나만 그런 게 아니구나.' 하는 안도감을 느끼기도 했다.

　직업적인 작가는 자신의 글이 구리지 않도록 최선을 다하는 사람이다. 하지만 동시에 비록 자기 글이 구리게만 느껴진다고 해도 어느 순간 손에서 떠나 보내야 하는 사람이기도 하다. 읽는 사람에게는 그렇게 느껴지지 않기를, 그리고 다음번에는 좀 더 나은 글을 쓸 수 있기를 바라면서. 지금 내가 그렇게 하는 것처럼.

번역서를 읽는 묘미와
일의 의미

사람은 일을 해야 해. 기쁘게도 벌써 7시다.
저녁을 만들 거야. 소시지와 대구.

– 버지니아 울프, 『A Writer's Diary』

이 문장들의 연쇄가 왜 이렇게 아름답고 슬프게 느껴지는지 모르겠다. 약간의 설명이 필요할 것 같다.

1) 이것은 영국 작가 버지니아 울프가 1941년 3월 8일에 쓴 일기의 마지막 부분이다.

2) 그로부터 20일 뒤인 3월 28일, 울프는 호주머니에 돌을 넣은 외투를 입고서 집 근처 강으로 걸어 들어가 스스로 목숨을 끊었다.

3) 울프가 세상을 떠난 뒤 남편 레너드 울프는 그가 남긴 일기
가운데 문필 활동과 관련한 것만 모아『A Writer's Diary』
(1953)라는 한 권의 책을 만들었고, 그 책은 3월 8일의 일
기로 끝난다. 다시 말해 앞서 소개한 글은『A Writer's Di-
ary』의 마지막 문장이다.

"울프가 죽기 20일 전에 쓴 마지막 일기의 마지막 문장"이
라는 부연과 함께 내가 이 글을 읽은 건 X에서다. 나는 그 단
순한 문장의 연쇄에 단번에 매혹되었다. 왜 아니겠는가? 거기
에는 소박한 기쁨이, 의지와 체념이, 슬픔과 아이러니가 있다.
동시에 어떤 의혹도 함께 떠올랐는데, 그건 내가『A Writer's
Diary』의 한국어 번역본『어느 작가의 일기』를 읽었지만 해
당 구절을 본 기억이 전혀 없다는 사실이었다.

나는 그 책을 찾아 본문 마지막 페이지를 펼쳤다. 그리고
뜻은 같지만 느낌은 전혀 다른 문장들을 발견했다.

할 일이 있다는 것은 중요하다. 그리고 지금 얼마간의
기쁜 마음으로 일곱 시라는 것을 인식한다. 저녁
준비를 해야 한다. 대구와 소시지 고기. 그것들에
관한 글을 씀으로써 대구와 소시지를 얼마간
장악할 수 있다는 것은 사실이라고 생각한다.[8]

번역서를 읽는 묘미와 일의 의미

　그러자 새로운 의문이 생겨났는데, 먼저 원문은 어떻길래 이렇게 다른 느낌의 번역이 나온 건지? X에서는 생략된 마지막 문장의 "대구와 소시지를 얼마간 장악"한다는 표현은 또 무슨 뜻인지?

　나는 구글링을 통해 인터넷 아카이브(archive.org)에서 『A Writer's Diary』를 열람했다. 원문은 이랬다.

> Occupation is essential. And now with some pleasure I find that it's seven; and must cook dinner. Haddock and sausage meat. I think it is true that one gains a certain hold on sausage and haddock by writing them down.

　첫 문장만 놓고 봐도 "사람은 일을 해야 해."라는 번역이 굉장한 의역이라는 사실을 알 수 있다. 하지만 입에 착 붙고 일기의 문체로도 딱 맞는다는 사실 또한 분명하다. 반면에 "할 일이 있다는 건 중요하다."라는 번역은 일기라는 점을 감안하면 조금 딱딱한 감이 없지 않다. 이제는 고전의 반열에 오른 울프가 1941년에 남긴 일기를 지나치게 친근한 어투로 옮기기는 쉽지 않았으리라. 하물며 몇 문장을 옮기는 게 아니라 한 권의 두툼한 책을 번역하는 것이니 더더욱. 그래도 "one gains a certain hold on"을 "얼마간 장악할 수 있다"고 옮긴 건 조금 어색하게 느껴지는데, 나라면 어떻게 옮겼을까 하는 생각도 들었다. 아마 이 정도로—친근한 일기체와 딱딱하지만 권위 있는 느낌을 주는 번역 투 사이에서 마음을 정하지 못하고 어 정쩡하게—옮기지 않았을까?

> 일은 중요해. 이제 나는 약간의 기쁨과 함께
> 7시가 되었다는 것을 깨닫는다. 저녁을
> 만들어야지. 대구와 소시지. 내 생각에 대구와
> 소시지에 대해 글을 쓰면 그것들을 어느 정도
> 이해할 수 있게 된다는 건 사실인 것 같다.

그리고 "대구와 소시지에 대해 글을 쓰면 그것들을 어느 정도 이해할 수 있게" 되는 게 사실이라면, 이렇게 원문을 찾아 읽고 직접 번역함으로써 그 문장들을 더 잘 이해할 수 있게 되는 것도 사실이라고 해야겠다. 그게 바로 나의 일이기도 하고. 번역이 내 일이라는 게 아니라(물론 가끔 번역하기도 하지만), 더 잘 이해하려고 노력하는 일 말이다.

번역서를 읽는 묘미와 일의 의미

Too much love will kill you

물론 일은 중요하다. 하지만 때론 일이 지긋지긋한 것도 사실이다. 언젠가 영국 록밴드 퀸의 기타리스트 브라이언 메이는 "Too much love will kill you"(너무 많은 사랑은 당신을 죽인다.)라고 노래했는데, 너무 많은 일도 사람을 죽이긴 마찬가지다.

『Last Chance To See』(1990)는 우리나라에서『은하수를 여행하는 히치하이커를 위한 안내서』(1979)로 유명한 영국 SF 소설가 더글러스 애덤스와 영국 동물학자 마크 카워딘이 세계 곳곳을 돌아다니며 멸종 위기 동물을 탐사하는 책이다. 국내에서는『마지막 기회』(2002)로 처음 번역 출간했고, 2010년에 새롭게 번역해『마지막 기회라니?』로 다시 출간했다. (후자는 출판사를 옮겨『이게 마지막 기회일지도 몰라』로 2024년 봄에 재출간했다.)

작가의 명성답게 웃음이 끊이지 않는 책이지만, 그중에서도 내가 가장 좋아하는 부분은 오스트레일리아의 세계적인 독 전문가인 스트루언 서덜랜드 박사와 대화를 나누는 장면이다. 그는 독을 지닌 생물들을 연구하는 일을 하지만, 평생 독을 연구해 온 탓에 완전히 질려 버렸다. 박사는 말한다.

독을 가진 모든 동물들, 뱀이며 곤충, 물고기 같은 것들이 지긋지긋해. 빌어먹을 것들. 사람이나 물고 말이지. 사람들이 나를 찾아와서 어떻게 해야 하는지 알려 달라고 하면 나는 이렇게 대답해요. 애당초 물리질 말라고. 그게 정답이에요. 그 얘기는 지금까지 할 만큼 했어. 이젠 수경 재배, 이게 재미있어요. 수경 재배에 관한 이야기라면 얼마든지 해 줄 수 있지. 흥미로워요. 물에서 인공적으로 식물을 기르다니, 아주 흥미로운 기술이잖아요. 화성 같은 곳에 가게 된다면 이걸 잘 알아야 할 거예요.[9]

하지만 애덤스와 카워딘이 가야 할 곳은 화성이 아니라 코모도섬이다. 그곳에는 열다섯 종류의 뱀이 사는데 그중 절반이 독사다. 독거미도 있다. 하지만 박사는 진짜 위협은 붉은쏨뱅이, 퉁쏠치, 바다뱀 같은 해양 생물이라며 그들은 육지 동물보다 독이 훨씬 센 데다가 바다에 우글거리기 때문에 자기라면 절대 바닷가 근처에는 얼씬도 하지 않을 거라고 한다. 정말 질색이라고. 그런 박사에게 애덤스가 묻는다.

"박사님께서 좋아하는 건 뭔가요?"
"수경재배." 그가 말했다.

번역서를 읽는 묘미와 일의 의미

"그게 아니라, 독을 지닌 것 중에 좋아하는 게 있냐고요."

"있었지. 하지만 그녀는 날 떠났어요."[10]

그런데 2002년에 나온 구판에는 신판에는 없는 문장이 들어 있다. 박사가 '그녀는 날 떠났다'고 대답하기 전에 "서덜랜드 박사는 잠시 창밖을 바라보았다."라며 아련한 추억에 잠기는 모습을 묘사하는 구절이다. 크게 중요한 부분은 아니지만 뜸을 들임으로써 박사의 희극적인 대답이 주는 효과를 한층 증폭시키는 문장이고, 개인적으로 좋아하는 장면이라서 원서를 찾아봤다.

1992년에 출간된 원서에는 "He looked out of the window for a moment."라는 문장이 들어 있다. 그렇다면 새로 번역하면서 누락한 걸까? 그런데 여기에는 반전이 있었다. 2009년에 출간된 원서 개정판에는 해당 문장은 물론 '독을 지닌 것 중에 좋아하는 게 있냐'는 애덤스의 질문에 박사가 '있었지만 그녀는 날 떠났다'고 대답하는 문답 자체가 없던 것이다! 헤어진 연인을 '독을 지닌 것'에 비유한 농담이 정치적으로 올바르지 않다고 판단한 걸까? (그럴 수 있다.) 그보다 더 궁금한 것은, 왜 새로운 번역본에서는 그 농담을 그대로 남겨 둔 걸까? 만

약 농담이 너무 재밌어서 차마 삭제할 수 없었다면(그럴 수 있
다.) "서덜랜드 박사는 잠시 창밖을 바라보았다."라는 문장은
왜 넣지 않은 걸까? 자세한 사정은 알 수 없지만 그래도 이런
게 번역서를 읽는 묘미가 아닌가 싶다.

오늘은 틀렸다, 한마디도 못 쓰겠다

이제 나는 약간의 기쁨과 함께 다섯 시가 되었다는 사실을
깨닫는다. 기쁜 까닭은 오늘의 일이, 그러니까 이 원고가 어
느새 마지막을 향하고 있기 때문이다. 하지만 마냥 기쁠 수
만 없는 까닭은 지금이 오후 다섯 시가 아닌 새벽 다섯 시인
데다가 아직도 해야 할 다른 일들이 남아 있기 때문이다.

　나는 갑갑한 기분으로 다시금 버지니아 울프의 일기를 집
는다. 마지막 장부터 거꾸로 빠르게 넘기며 밑줄 친 문장들을
읽는다. 이런 문장들이다.

1936년 3월 16일

일기를 쓰고 있을 때가 아니다. 그러나 더 이상 이 지겨운 책
작업을 계속할 수 없다.[11]

번역서를 읽는 묘미와 일의 의미

1935년 12월 30일

오늘은 틀렸다. 한마디도 못 쓰겠다.[12]

1935년 7월 16일

완전히 실패했다는 묘한 느낌.[13]

1933년 4월 13일

그러나 사실 나는 원하는 단어를 찾을 수가 없다. 단어를 잘못 쓰고 있다. 이것이 지금의 내 상태다. 석 달 동안 글을 쓰고 난 뒤에 늘 겪는 상태다.[14]

1921년 4월 8일

요는 내가 작가로서는 실패했다는 사실이다. 유행에 뒤처졌고, 나이도 먹었고, 더 이상 뭘 잘할 수도 없으며, 머리가 나쁘다.[15]

자기계발서의
보편적 가르침

당신과 기한의 관계를 연극으로 친다면
아마도 3막으로 구성될 것이다.

– 아트 마크먼, 『원하는 것을 얻는 습관 바꾸기 기술』[16]

누구나 크고 작은 기한과 함께 살아간다. 거창하게는 죽음이라는 삶의 기한부터, 과제 제출 기한이나 통금 시간, 날짜가 정해진 발표나 시험 같은 일상의 기한들까지. 작가의 삶도 다르지 않다. 아니, 그들이야말로 오직 기한으로만 이루어진 삶을 산다고 말할 수 있는데, 대부분 작가가 '마감'이라는 기한이 없다면 한 글자도 쓰지 않을 위인이기 때문이다.

모든 관계가 그렇듯 작가와 마감의 관계도 제각각이다. 다시 말해, 놀랍게도 세상에는 마감에 늦는 작가만 있는 게 아니라 마감을 칼같이 지키는 작가도 있다는 뜻이다. 내가 아는 작가 중에는 소설가 박솔뫼가 그렇다. 한번은 박솔뫼가 계절마다 출간하는 문예지에 실릴 서평 에세이 원고를 읽어 달라며 내게 메일을 보냈다. 통상적인 마감 시한을 한참 앞둔 시점이었다. 나는 원고를 읽고 '제가 서평을 더는 쓰지 않아서 다행이네요. 상대가 되질 않으니…'로 요약할 수 있는 답장을 보냈다. 그리고 며칠 뒤, 박솔뫼가 비슷한 분량의 또 다른 서평 에세이 원고를 보내 왔다.

"이번 계절에 두 군데나 서평 에세이를 쓰는 거예요?"

내가 카톡을 보내자 박솔뫼가 답했다.

"아니요, 둘 다 같은 문예지에 보내는 거예요."

"???"

"하나는 겨울 호, 하나는 봄 호."

언젠가 영화 평론가 정성일 선생님은 사석에서 "만약 내가 마감을 지키지 못한다면 내 팔을 잘라도 좋다!"라고 발하기도 했는데, 한 계절을 앞서 미리 마감할 정도면 팔을 하나 더 달아 줘야 하는 게 아닐까? 아니면 이미 '보이지 않는 팔'이 몇 개쯤 더 있어서 마감을 빨리 하는 건가…?

내게는 다행스럽게도, 편집자 선생님들께는 죄송한 일이지만, 대부분 작가는 마감을 어긴다. '개는 짖고 새는 날고 작가는 늦는다.'라고 말해도 좋을 정도다. 내 말이 믿기지 않는다면 『작가의 마감』(2021)이라는 책을 읽어 보시라. 일본의 유명 작가들이 마감을 앞두고 원고가 써지지 않는 괴로움을 토로한 글을 골라 묶은 책이다. 다자이 오사무는 "이건 아니야 저것도 아니야" 외치곤 쓰는 족족 원고지를 찢으며 열 매 남짓한 짧은 원고를 붙들고 사나흘을 끙끙댄다. 나쓰메 소세키는 『나는 고양이로소이다』(1906)가 잘 써지지 않아 "누군가에게 대신 써 달라고 부탁하고 싶을 정도"라고 고백한다. 다니자키 준이치로는 "잘 풀리지 않으면, 그 자리에서 섰다가 앉았다가 마셨다가 피웠다가를 점점 더 자주 되풀이"하며 원고를 노려보고 괜히 정원 한 바퀴를 돌고 와 다시 원고를 노려보다가 결국 "후유 한숨을 내쉬며 바닥에 드러누워 천장을 응시한 채 반 시간에서 한 시간을 허비한다." 나는 대작가들의 말에 구구절절 공감하며 조용히 눈물을 훔친다. 이미 마감 시한이 지나 버린 나의 원고는 텅 빈 백지로 내버려둔 채….

자기계발서의 보편적 가르침

어쩌면 나는 짧은 글에 특화한 작가가 아닐까?

처음부터 나와 마감의 관계가 이랬던 건 아니다. 한때 나는 누가 시키지도 않았는데 장문의 서평을 써서 인터넷 서점에 올리던 열혈 서평가였다. 직업적인 작가로 활동하기 시작할 무렵에는 내게도 마감(＝원고 청탁＝원고료)이라는 것이 생겼다는 사실에 감격하며 절대로 마감에 늦지 않겠노라고 아무도 요구하지 않은 맹세를 하기도 했다.

하지만 맹세는 깨지라고 있는 법이다. 마감이 어기라고 있는 것처럼(아님)….

원고 청탁이 늘어나며 마감 기한을 지키는 게 조금씩 버거워졌다. 매번 전과 다른 새로운 내용을 써야 한다는 부담도 컸다. 쓸 만큼만 청탁받으면 되지 않느냐고 생각할 수 있지만, 최저생활비를 벌기 위해 계속 글을 써야 하는 '전업 작가'의 입장에서 그러기는 쉽지 않다. 바쁠 때면 '이러다 (과로로) 죽겠다' 싶을 정도로 일이 몰리고, 한가할 때면 '이러다 (굶어) 죽겠다' 싶을 정도로 일이 없는 게 프리랜서디. 청틱을 서설하면 다시 일을 주지 않을지도 모른다는 두려움도 컸다. 그저 주어진 글을 열심히 쓰다 보면 언젠가 상황이 나아지리라 생각하면서 어떻게든 쓰는 수밖에. 상황이 어떤 식으로 나아질 수 있고, 그렇게 되려면 내가 무엇을 해야 하는지에 대해서는 아무 생각도 없었다. 이제 와 돌아보면 그건 일종의 회피였다. 어둡고 답이 없는 미래에서 눈을 돌린 채 눈앞의 일에 몰두하며 열심히 하고 있다고, 그러니 합당한 보상(그게 뭔진 모르겠지만)이 있을 거라고 스스로를 속여 온 것이다.

아무리 노력해도 원하던 결과를 성취하지 못할 수도 있다. 당연하다. 하지만 어떤 결과를 원하는지도 모른 채라면 아무리 노력한들 얻을 수 있는 결과는 없다. 늘 허덕이는 통장 잔고와 만성적인 허리 통증과 눈의 피로 같은 것을 제외한다면….

어느 순간 이렇게는 지속할 수 없다는 생각이 들었다. 은행이 알고 몸이 알고 가족이 알았다. 그리하여 연이은 마감을 쳐 내느라 며칠을 뜬눈으로 지새운 어느 밤, 이제라도 자잘한 원고들은 최대한 줄이고 써야 하는 책들에 집중하겠노라고 눈물로 맹세했다. 맹세는 깨지라고 있는 법임을 잘 알기에, 이번 맹세는 무슨 일이 있어도 지키겠노라는 추가적인 맹세도 잊지 않았다!

그때부터 써야 할 원고를 최대한 줄이기 시작했다. 예전 같았으면 무턱대고 수락했을 청탁은 정중하게 거절하고, 대

자기계발서의 보편적 가르침

신 책을 쓰자는 제안을 흔쾌히 수락했다. 짧은 글을 꼭 써야 하는 경우라면 최대한 덜 힘들게 쓸 수 있는 방법을 찾았다. 일기라는 형식을 쓰게 된 것도 그 때문이다. 아이가 태어난 이후로 거의 하루도 빼먹지 않고 일기를 써 왔다. 일기 그대로를 공개할 수 없다고 하더라도, 이미 쓰인 일기를 최대한 활용하는 방식으로 원고를 썼다. 2024년에 출간한 『매일 쓸 것, 뭐라도 쓸 것』이나 다른 플랫폼에 연재한 '작업일지'가 그렇게 나온 원고다. 다행히 독자의 반응도 좋았다. 일상툰을 보거나 브이로그를 보듯, 편하게 읽고 공감할 수 있다는 평도 들었다. 10년 넘게 글을 쓰며 처음 듣는 종류의 호평이었다.

문제는 전혀 예상하지 못한 곳에서 나왔다. 겨우겨우 시간을 만들었지만 좀처럼 책은 써지지 않았다. 짧은 마감에 익숙해진 몸을, 정신을, 정확히 무엇이 문제인지는 모르겠지만 어쨌든 나를, 단행본의 긴 호흡에 맞추는 일은 생각만큼 쉽지 않았다. 당장 마감에 쫓기지 않아 홀가분한데, 이상하게 불안했다. 자료 조사라는 명목으로 책을 읽어두 머릿속에 님는 세 없었다. 밤이면 어두운 천장을 바라보면서 '난 끝이야…' 하며 중얼거렸고 낮이면 희박한 중력 속을 걷듯 허우적댔다. 그러다 종종 짧은 원고를 써야 할 일이 생기면 겨우겨우 원고를 넘기고 안도의 숨을 내쉬며 '아직 죽지 않았어…'라고 생각하는 일이 반복됐다. 그런다고 해서 근본적인 문제가 해결되는 건 아니었으니, 나는 하루에도 몇 번씩 스스로에게 같은 질문을 던져야 했다. 어쩌면 나는 짧은 글에 특화한 작가가 아닐까? 지금이라도 다른 일을 찾아야 하나?

보편적인 것을 특수한 상황으로 다루는 것의 문제

얼마 전부터 평생 안 읽던 종류의 책을 읽기 시작했다. 자기계발과 리더십에 관한 책들이다. 답답한 인생에 약간의 도움이라도 얻기 위해서는 아니고, 긴 호흡의 작업을 하기로 마음먹고 흔쾌히 수락한 단행본 작업의 마감이 코앞으로 다가왔기 때문이다. 인터뷰와 취재를 통해 모 스포츠 구단 감독의 자서전을 대신 쓰는 일(저자는 그분이고 나는 '인터뷰 및 정리'로 들어간다.)인데, 팀을 이끄는 리더십과 관련한 내용이 들어가야 해서 자료 조사 삼아 읽기 시작한 것이다.

한때 나는 자기계발서를 경멸하는 독자였다. 그때 내게는 그것이 겉만 번지르르한 내용 없는 말을 늘어놓는 책으로 느껴졌다. 누구에게나 들어맞는 것처럼 보이는, 그렇기에 실제

자기계발서의 보편적 가르침

로는 아무에게도 맞지 않는 얄팍한 책. 이제는 아니다. 막상 읽은 자기계발서는 생각보다 재미있을 뿐 아니라 유익하기까지 했다. 실제로 도움이 되는 점보다는 마음의 가려움을 긁어 주는 부분이 더 크게 다가오긴 했지만, 그것 역시 사람들이 기대하는 책의 역할이라는 사실을 늦게나마 깨달았다. 물론 지나치게 늦은 감이 없지 않지만….

이와 동시에 내가 이미 알고 있다고 생각한 것을 조금 다른 관점에서 바라보는 경험도 했는데, 『원하는 것을 얻는 습관 바꾸기 기술』(2014)에서 읽은 '나'와 '기한'의 관계가 연극으로 치면 3막으로 구성될 것이라는 부분이 그랬다. 내가 마감과 맺은 관계에 관해서라면 수도 없이 생각해 봤다(아무리 포장해도 그리 좋은 관계는 아니었다). 연극 혹은 영화의 3막 구성에 관해서도 알 만큼 알았다(나는 영화화하지 못한 두어 편의 시나리오와 폭망한 영화 한 편의 시나리오를 함께 썼다). 그런데 '나'와 '기한'의 관계를 3막 구성이라 할 수 있다고? 지금껏 한 번도 생각해 본 적 없는 접근이었다.

요약하면 이런 내용이다. 1막. 마감 기한은 멀리 있고, '나'는 가끔 그것을 생각하며 참고 도서를 읽기도 하지만 깊게 생각하지는 않는다. 다른 할 일이 쌓여 있기 때문이다. 2막. 기한

이 다가오고 본격적으로 일을 진행하는 기간이다. 시간을 들여 작업하고 일은 조금씩 진행된다. "이 기간은 행복하다."라고 저자 아트 마크먼은 쓴다. "그러다가 3막에 해당하는 공황이 닥친다." 이때 '나'는 이리저리 맴돌며 괴로워하다가 "일에 소모되기보다 몰입하면서 즐거움을 느꼈던 2막에서의 감정을 그리워한다." 『작가의 마감』에 실린 에세이에서 다니자키 준이치로가 자기를 묘사한 것처럼.

물론 대단할 것 없는 내용이다. 그럼에도 내게 이 부분이 각별하게 와닿은 이유가 무엇일까? 물론 내가 마감으로 고민하는 작가라서겠지. 하지만 그보다 좀 더 그럴듯한 이유가 있을 듯한데, '보편'과 '특수'의 문제에 관해 다시 한번 생각하도록 이끌어서인 것 같다. 말하자면 보편적인 것을 보편적인 방식으로 다루는 것과 보편적인 것을 특수한 상황으로 다루는 것의 문제.

다니자키는 사람과 기한이라는 보편적인 문제를 작가 본인의 특수한 상황을 통해 그려 낸다. 그것이 (일반적으로) 문학의 방식이라면, 마크먼은 똑같은 문제를 '연극'이라는 비유를 통해 보다 보편적인 방식으로 다룬다. 그리고 이것이 (아마도) 자기계발서의 방식이리라. 과거의 나는, 지금도 여전히, 문학

자기계발서의 보편적 가르침

의 방식을 선호한다. 읽는 것과 쓰는 것 모두에서 그렇다. 하지만 자기계발서의 방식이 겉만 번지르르하거나 얄팍한 건 아니라는 사실을 이제는 안다. 때로는 더 많은 배움을 줄 수 있다는 사실도.

어쩌면 그것이야말로 더 긴 호흡으로 글을 쓰겠다고 마음먹은 내게 필요한 교훈 아닐까?

후회를 관리하는
방법

야구란 후회를 관리하는 게임이다.

– R. A. 디키·웨인 코피, 『어디서 공을 던지더라도』[17]

야구 선수는 징크스가 많기로 유명하다. 징크스는 일종의 미신으로, 특정한 행동을 했을 때 좋거나 나쁜 결과가 이어진다고 믿는 것이다. 따라서 좋은 성적을 얻기 위해서는 나쁜 징크스는 피하고 좋은 징크스를 유지할 필요가 있다. 경기 전에 크림빵을 먹었는데 결과가 좋지 않았다면 크림빵을 먹지 않고, 줄무늬 양말을 신었을 때 결과가 좋았다면 계속 줄무늬 양말만 신는 식이다. 최소한 패배하기 전까지는. 실제로 '징크스의 제왕'으로 불리는 김성근 감독은 노란 팬티를 입고 승리한 뒤 나흘 동안이나 속옷을 갈아입지 않았다고 한다.

가장 유명한 징크스는 '소포모어 징크스'(sophomore jinx, 2년 차 징크스)일 테다. 원래는 고등학교나 대학교에서 신입생 때보다 2학년에 성적이 떨어지는 걸 가리키는 말이었는데, 의미가 확장하여 두 번째 작품을 발표한 가수·작가·배우·여타 창작자들이나 두 번째 시즌을 맞이한 운동선수가 겪는 슬럼프를 두루 가리키는 단어가 되었다. 합리적인 설명은 이렇다. 이른 성공에 자만해 준비가 부족했거나, 더 나은 모습을 보여 줘야 한다는 부담감을 이기지 못했거나, 첫 번째에 모든 것을 쏟아부었거나 등등. 하지만 이렇게 말하는 건 영 재미없는 일이다. 그러니 2년 차의 부진을 겪는 사람들이 여전히 존재하는 한, 소포모어 징크스는 앞으로도 가장 유명한 징크스로 남을 것이다.

말하자면 징크스는 미신이면서도 생활 기술이다. 지켜서 잘하려는 게 아니라, 망했을 때 후회에 덜 잠기기 위해서다. 야구는 그런 방식으로 마음을 관리하게 만드는 종목이고, 어쩌면 글쓰기도 그렇다.

정작 나는 『한밤의 읽기』를 낸 뒤 의도치 않게 '한낮의 읽기'에 몰두하게 되었지만…

나의 두 번째 책 『난폭한 독서』(2015) 또한 첫 책 『서서비행』 (2012)에 비해 훨씬 초라한 판매 성적을 기록했다. 그런데 그걸 소포모어 징크스라고 부를 수 있는지는 모르겠다. 첫 번째 책이 대단한 성공을 거둔 건 아니니까. 솔직히 말하면 소소한 성공조차 아니었다…. 작가로서 내가 가진 징크스는 조금 다른 종류다. 무언가에 관한 책을 쓰고 나면 더 이상 그것을 하지 않거나 정반대의 일을 하게 되는 징크스다. 한번 찬찬히 짚어 보자.

2017년 6월 『실패를 모르는 멋진 문장들』 출간. 5년 동안 발표한 서평 원고를 모은 서평집이다. 그전까지 나는 다양한 매체에 길거나 짧은 서평을 쓰며 '서평가'라는 타이틀로 활동했는데, 책 출간 이후 서평을 잘 쓰지 않게 되면서 스스로를 '서평을 쓰지 않는 서평가'라고 소개하게 되었다.

2018년 2월 『아무튼, 택시』 출간. 한때 나는 택시 타기를 무엇보다 좋아하는 사람이었다. 실제로 『아무튼, 택시』의 마지막에 "이 책의 인세 수익 대부분은 택시 요금으로 쓰입니다." 라고 적었고, 그것은 진심이었다. 공교롭게도 책이 출간된 직

후회를 관리하는 방법

후 아내의 임신 사실을 알게 되었다. 그리고 인세 수익은 중고차를 사는 데 쓰였다(정확히 말해, 중고찻값의 극히 일부를 인세 수익으로 충당했다. 나의 인세 수익으로는 중고차 한 대 사지 못한다). 물론 그 후로는 불가피한 경우가 아니라면 택시를 잘 타지 않게 되었다. 그렇다고 택시를 사랑하는 마음이 사라진 건 아니지만….

2020년 4월 『담배와 영화』 출간. '혹은; 나는 어떻게 흡연을 멈추고 영화를 증오하게 되었나'라는 부제에서 볼 수 있듯 담배와 영화를 향한 애정보다는 증오를 담은 책이다. 두 가지 이유가 있다. 하나, 아내의 임신 사실을 알게 된 뒤 오랫동안 피워 온 담배를 끊었다. 둘, 1,000만 관객을 꿈꾸며 몇 명의 아저씨와 함께 시나리오를 쓴 영화 〈나랏말싸미〉(2019)가 대차게 망했다…. 책이 나온 이후로도 한동안 담배와 영화를 피하며 몸과 마음 모두 건강한 삶을 살아 보려 노력했다. 하지만 지난여름, 지독한 무더위와 개인적인 문제들로 결국 6년 만에 다시 담배에 손을 대고 말았다. 그리고 영화에 대해서라면…. (잠시 후에 계속!)

2022년 4월 『그래서… 이런 말이 생겼습니다』 출간. 《고교독서평설》에 2년 동안 연재한 신조어에 관한 에세이를 묶은 책이다. 존버, 구룰, 스불재, 많관부, 틀딱, 뇌피셜… 등, 그 당시로선 새롭던 단어들을 통해 우리가 사는 시대를 분석하려는 시도였다. 충분히 예상이 가능한 일이지만, 이제 나는 신조어를 쓰지 않는다. 일단 저 책에 실린 말들이 더는 신조어가 아니고, 무엇보다 요즘 신조어를 업데이트하기엔 내가 나이를 너무 많이 먹어 버렸기 때문이다….

2023년 7월 『우리는 가끔 아름다움의 섬광을 보았다』 출간. 소설가 정지돈과 함께 쓴 '영화와 영화를 둘러싼 문화'에 관한 에세이다. 영화 자체보다는 영화를 말하는 다양한 방식을 탐구하려는 시도였다고 할까? 책을 쓰게 된 건 한국 영화에 대한 에세이를 연재하지 않겠느냐는 한국영상자료원의 제안 때문이었다. 결국 이 책을 쓰며 영화를 다시 보게 되었고, 그러면서 종종 영화가 만들어 낸 '아름다움의 섬광'을 볼 수 있었다. 물론 책이 출간된 뒤로는 1년 넘는 기간 동안 영화에서든 현실에서든 '아름다움'의 '아' 자도 구경 못 했지만….

2024년 4월 『매일 쓸 것, 뭐라도 쓸 것』 출간. 역시 《고교독서평설》에 2년 동안 연재한 일기를 모은 책이다. 여기에는 비하인드스토리가 있다. 신조어 연재가 마무리될 무렵, 편집부에서 새로운 연재를 제안했다. 그 당시 한창 바쁘던 참이라 새 연재를 시작할 여력이 없던 나는 내가 처한 상황을 솔직하게 말하며 '일기라면 쓸 수 있을 것 같다'고 답했다. 딴에는 에두른 거절인 셈이었다. 하지만 예상과 달리 대답은 'Yes'였고, 졸지에 나는 고등학생들이 보는 잡지에 자신의 일기를 공개하는 중년이 되었다. 그래도 일기를 그냥 공개할 수는 없는 일이라 고민 끝에 내가 쓴 일기와 영국 작가 버지니아 울프나 체코 작가 프란츠 카프카 같은 유명 작가의 일기를 뒤섞은 형식을 만들어 냈다. 결과는 나쁘지 않았다. 하지만 책이 출간된 이후 나는 매일 쓰던 일기를 제때 쓰지 못하고 매번 밀리는 사람이 되었으며, 이대로라면 조만간 일기를 영영 그만 쓰게 될지도

후회를 관리하는 방법

모르겠다.

2024년 6월『한밤의 읽기』출간. 읽기에 관한 네 개의 강연록을 모은 강연 에세이다. 제목은 프랑스 철학자 엘렌 식수가 쓴 『글쓰기 사다리의 세 칸』(1990)이라는 책의 내용에서 따왔다. 식수는 '읽기는 시대와 운명을 바꾸고 낮을 밤으로 바꾸는 것'이라고 말한다. 읽는 사람을 지금, 여기가 아닌 다른 장소와 시간으로 데려가야 한다는 말이다. 실용서나 교양서처럼 지금, 여기의 삶을 더 잘 살 수 있게 만들어 주는 '한낮의 독서'도 필요하지만, 당장 도움이 되는 것 같지 않아도 다른 생각을 하도록 이끄는 '한밤의 독서' 또한 그에 못지않게, 어쩌면 그보다 더욱 중요하다. 특히 전자의 독서만을 강조하는 우리 사회에서는 더더욱 그렇다고 나는 생각한다. 물론 정작 나는 『한밤의 읽기』를 낸 뒤 의도치 않게 '한낮의 읽기'에 몰두하게 되었지만(「자기계발서의 보편적 가르침」 참고)….

실패를 얼마나 잘 받아들이는지가 중요한 문제가 된다

야구 선수들이 징크스에 집착하는 이유가 뭘까? 그건 아마 야구에서 성공보다 실패가 더 흔하기 때문일 것이다. 일반적으로 좋은 타자의 기준을 3할 타율로 본다. 열 번 타석에 들어서서 세 번 안타를 치면 성공인 셈이다. 다시 말해, 아무리 좋은 타자라고 해도 열 번 타석에 들어서면 일곱 번은 실패하게 마련이다. 선발투수에게는 10승이 상징적인 기준이다 ('세이버메트릭스'☆ 이론에 따르면, 투수의 승수와 타자의 타율은 선수를 평가하는 데 그리 적합한 기준이 아니다. 하지만 여전히 일반적인 야구 팬과 미디어는 물론, 야구 관계자들 사이에서도 3할과 10승이라는 상징적인 숫자는 중요하다). 프로야구 선발투수가 부상 없이 한 시즌을 돌면 27경기 내외를 등판하게 된다. 이 말인즉슨, 아무리 좋은 투수라고 하더라도 한 시즌에 절반 이상은 성공하지 못한다는 뜻이다. 팀으로 봐도 상황은 다르지 않다. 시즌 1위 팀이 70~80퍼센트의 승률을 기록하고 드물지만 무패 우승을 하기도 하는 축구와 달리, 야구는 아무리 우승 팀이라고 해도 승률은 고작 6할 남짓이다.

따라서 실패를 얼마나 잘 받아들이는지가 중요한 문제가 된다. 실패에도 기죽지 않고, 실패에서 배우고, 실패를 딛고 앞으로 나아갈 수 있어야 하며, 계속되는 실패에 좌절하거나 포기해서는 안 된다. 아무리 노력해도 실패를 피할 수 없다는 사실을 받아들여야 하지만 그럼에도, 아니 그렇기에 더더욱

☆ 수학적·통계학적 방법론을 도입하여 야구를 객관적인 수치로 분석하는 방식을 말한다. SABR와 metrics(측정)의 합성어로 야구 통계학자·저술가인 빌 제임스가 창시한 SABR(The Society for American Baseball Research)라는 모임을 중심으로 정립됐다.

후회를 관리하는 방법

노력을 멈추지 말아야 한다. '야구가 후회를 관리하는 게임'이라는 말은 그런 뜻이다. 후회에 잡아먹히지 않고 계속해서 앞으로 나아가야 한다는 것. 그런 야구 선수들에게 징크스를 만들고 그것에 집착하는 일은 후회를 관리하는 하나의 방법인 셈이다.

미국 메이저리그에서 활동한 R. A. 디키는 한때 불같은 강속구로 메이저리그가 주목한 유망주 투수였다. 하지만 텍사스 레인저스와 계약을 앞두고 실시한 신체검사에서 뜻밖의 사실이 밝혀진다. 공을 던지는 오른쪽 팔꿈치에 인대가 없던 것이다. 결국 디키는 처음 이야기한 계약금의 10분의 1에도 미치지 못하는 돈을 받고 텍사스 레인저스에 입단한다. 인대가 없다는 핸디캡에도 마이너리그에서 꾸준히 활약한 그는 꿈의 무대인 메이저리그에 선다. 압도적인 선수는 아니지만 선발과 불펜을 오가며 팀에 꼭 필요한 선수로 자리매김해 나간다. 하지만 부상 이후로 구속이 급격히 줄었고, 결국 이도 저도 아닌 투수가 되어 방출 위기에 처한다. 사실 소수의 스타 선수를 제외하면 대부분 선수는 비슷한 과정을 겪는다. 개인에게는 비극이지만, 전체적으로 보면 특별할 것도 없는 이야기란 말이다. 하지만 디키는 포기하지 않는다. 그는 너클볼[☆]을 배우기로 결심한다.

후회를 관리해야 하는 것은 야구만이 아니다

물론 너클볼을 배운다고 해서 모든 일이 잘 풀리는 기적 같은 일이 벌어지진 않았다. 너클볼은 공의 회전을 최대한 죽이고 날아가는 동안 공 주변에 발생하는 난류에 따라 무작위로 움직이는 구종이다. 타자는 물론 공을 받는 포수나 던지는 투수 모두 공이 어디로 향할지 모른다. 그리고 회전을 죽이는 데 실패하면 타자가 치기 딱 좋은 공이 된다(실제로 R. A. 디키는 너클볼을 장착하고 처음 등판한 경기에서 무려 6개의 홈런을 맞으며 메이저리그 한 경기 피홈런 역대 타이기록을 세웠다). 디키는 마이너리그를 전전하며 작은 성공을 거두기도 하지만, 메이저리그에만 올라가면 여지없이 난타당하며 좌절을 겪어야만 했다.

2006년의 어느 날, 마이너리그 선수들과 함께 머물던 숙소에서 미주리강을 바라보던 디키는 엉뚱한 결심을 한다. 폭이 200미터가 넘고 물살이 거세 거의 흙탕물처럼 보이는 그

☆   knuckle ball. 야구에서 투수가 손가락을 공의 표면에 세워서 던지는 변화구. 공이 거의 회전을 하지 않고, 타자 앞에서 급히 떨어진다.

강을 헤엄쳐서 건너야겠다는 결심이다. 자서전 『어디서 공을 던지더라도』(2012)에서 그는 당시의 상황을 이렇게 회고한다. "이런 대담한 기량을 보이면 그것이 마술처럼 나를 특별하고 가치 있는 사람으로 만들어 줄 것 같은 생각이 드는 것이다." 야구 인생이 너무 안 풀리다 보니 일종의 계기를, 특별한 징크스를 스스로에게 만들어 주고 싶던 것이다. 결과는? 강 중간까지 의기양양하게 헤엄쳐 갔지만 힘이 빠져 거의 400미터나 떠내려갔다. 남은 힘을 다해 다시 출발했던 곳으로 되돌아와서 팀 동료의 도움을 받지 못했다면 아마 죽었을 테다.

결국 디키는 좋은 징크스를 만들지 못했다. 하지만 그는 기독교인으로서 자신을 다시 한번 발견하게 된다. "나는 내 힘으로 충분히 해낼 수 있다고 착각하며 강물에 뛰어들었다. 그러나 결국 나를 구원한 건 하나님이었다." 어떤 종교도 믿지 않는 사람으로서 말하자면, 작은 징크스를 잃고 큰 징크스를 얻게 된 셈이다. 다르게 말하면 후회를 관리하는 강력한 방법을 얻었다고 해도 좋다. 그것이 없었다면 6년 뒤 니클볼 투수 최초로 사이영상☆을 수상하는 영예는 얻지 못했을 것이다.

☆ Cy Young Award. 미국 메이저리그에서 매년 각 리그의 최고 투수에게 주어지는 상.

나 역시 이 글을 통해 비슷한 일을 하려고 한다. '무언가에 관해 쓰고 나면 더 이상 그것을 하지 않거나 정반대의 일을 하게 되는 징크스'를 이용해서, 내 지난 책들(약간은 성공했지만 대부분 실패한)과 일별하며(한 번 헤어지며) 다음에는 그것들과는 정반대의 책들(약간은 실패하더라도 대부분 성공한)을 쓰겠다고 다짐하는 것이다. 미신이라고 해도 좋다. 후회를 관리해야 하는 것은 야구만이 아니다. 글쓰기도, 어쩌면 인생 전체가 그렇다. 후회에 잡아먹히지 않고 앞으로 나아가기 위해서는 때론 지푸라기라도 잡아야 할 때가 있고, 내게 그것은 지금이다.

나와 글쓰기의
관계를 둘러싼 고찰

우리의 예술 여정 전체는 우리가 사실은 충분히 가지고
있다고 믿고, 무엇을 가졌는지 파악하고, 그런 다음에
그것을 다듬는 과정으로 이해할 수도 있다.

– 조지 손더스, 『작가는 어떻게 읽는가』[18]

아무래도 X됐다.

그것이 내가 심사숙고 끝에 내린 결론이다.

(X는 생략한다. 다들 알 거라 믿으며⋯.)

리들리 스콧 감독, 맷 데이먼 주연의 영화로도 제작되어
많은 사랑을 받은 미국 소설가 앤디 위어의 소설 『마션』(2011)
은 이런 독백으로 시작한다. 속된 표현이긴 하지만 식량도 물

도 없이 화성에 홀로 조난한 주인공의 상황을 감안하면 이해가 간다. 오히려 지나치게 차분한 게 아닌가, 하는 생각이 들 정도다.

그런데 신기하지. 화성으로부터 2억 2,500만 킬로미터 떨어진 지구, 그중에서도 대한민국, 경기 북부 1기 신도시, 대단지 아파트의 아담한 서재에 앉아 아이스아메리카노를 홀짝이며 기계식 키보드를 두드리는 나도 지금 막 똑같은 결론에 도달한 참이다. 이런 기막힌 우연의 일치를 가리키는 옛말이 있던 것 같은데 뭐더라, '배가 처불렀다'였나⋯?

세상에는 두 종류의 작가가 있다. 마감을 어려워하는 작가와 마감을 진짜 어려워하는 작가. 지금까지 나는 내가 후자라고 생각해 왔다. 하지만 이제는 인정해야겠다. 편협한 이분법으로 나누기에 세상은 너무 복잡하고, 나와 마감의 관계는 '어려워한다' 혹은 '진짜 어려워한다' 같은 일차원적인 표현으로는 설명이 불가능하단 사실을.

언젠가 한 출판사로부터 『마감의 말들』이라는 책을 쓰지 않겠느냐는 친절한 제안을 받았다. 마감 시한을 넘겼을 때 읽으면 좋은 문장들을 소개하는 에세이라는 콘셉트였다. 실제로 내게는 글을 쓰지 못하고 방바닥을 데굴데굴 구를 때 비상

나와 글쓰기의 관계를 둘러싼 고찰

약처럼 꺼내 읽는 문장들을 모아 놓은 엑셀 파일이 있었다. 자랑은 아니지만, 나보다 맞춤한 필자를 상상하긴 힘들었다.

하지만 결국 그 책은 세상에 나오지 못했다. 물론 내가 마감을 지키지 못했기 때문이다. 때때로 세상엔 너무 완벽하기 때문에 이루어지지 않는 일도 있다. (만약 내가 국어사전을 편찬하게 된다면 '진정성'이라는 단어를 설명하기 위해 이 에피소드를 넣어야겠다는 생각이 든다.)

그리고 오늘, 나는 다시 한번 마감을 지키지 못하는 중이다. 실은 어제도, 그제도, 그 전날과 그 전전날에도, 그리고 또….

돌이켜 보면, 참 한결같은 관계이긴 했다

오랫동안 나는 글을 쓸 때마다 그것을 쓰는 나 자신의 상황과 조건을 텍스트 속에서 적극적으로 드러내고자 노력해 왔다. 마감에 쫓기며 '글쓰기의 윤리'에 관해 쓰고 있다면, 그것은 '마감에 쫓기는 작가가 쓰는 글쓰기의 윤리'여야 한다고 생각했다. 다른 어떤 것을 쓰건 마찬가지다.

그렇다면 허공에 붕 뜬 좋은 말을 늘어놓진 말자. 내가 서 있는 자리에서 할 수 있는 말을 하자. 시시하고 하찮아 보여도, 거기에서 시작하자. 비록 어디로 가지 못하더라도, 한 걸음이라도 나아가려 애써 보자. 그것이 내가 지닌 유일한 원칙이었다.

다시 말해, 만약 내가 어떤 책이나 영화나 노래나 사회적인 이슈나 인공지능의 미래나 외계 생명체의 실존 여부에 관한 글을 쓰다가 갑자기 글쓰기의 어려움, 곤란함, 차라리 불가능성에 대해 토로한다면 그 당시 내가 글쓰기와 맺은 관계가 그러했기 때문이다(그리고 그것이 들어가야만 하는 어떤 텍스트 내적인 필연성 같은 것도 분명 존재했을 테다. 나만 느끼는 필연성일지는 몰라도…). 돌이켜 보면, 참 한결같은 관계이긴 했다.

그러다 몇 해 전, 내가 쓴 『담배와 영화』(2020)라는 책에 달린 독자평 하나를 보게 되었다. "이 작가는 돈 받고 쓰는 주제에 왜 맨날 글 쓰기 싫다고 징징대는지 모르겠다." (만약 내가 국어사전을 편찬하게 된다면 '촌철살인'이라는 단어를 설명하기 위해 이 문장을 넣어야겠다는 생각이 든다.)

솔직히 말하면, '직장인들은 월급 받고 일하니까 불평하면 안 되겠네? 그건 너무 자본주의적인 마인드 아닌가?' 하는 반문이 들지 않은 건 아니다. 하지만 나 역시 자본주의사회에서

나와 글쓰기의 관계를 둘러싼 고찰

글을 팔아 먹고사는 한 사람의 작가(판매자)로서 독자(소비자)
의 진솔한 의견을 마냥 무시할 수는 없었다.

　그때부터였다. 글쓰기와 나 사이의 관계가 조금씩 변하기
시작한 것은….

일종의 가면을 쓴 것처럼 느껴졌다고나 할까

정확히 말하면 글쓰기를 대하는 내 태도가 변한 건 아니다.
다만 그런 마음을 티 내지 말아야겠다고 다짐했을 뿐. 그리
고 이 다짐만으로도 많은 부분이 달라졌다.

　일단 글쓰기가 조금 쉬워졌다. 일종의 가면을 쓴 것처럼
느껴졌다고나 할까. 글쓰기 앞에서 느끼는 당혹스러움, 두려
움, 곤란함을 숨길 수 있다는 점에서는 분명 그랬다. 이와 동
시에 글쓰기가 점점 더 어려워지기도 했는데, 정말 내가 하고
싶은 말을 하지 못한다는 사실이 때때로 나를 숨 막히게 했다.

　내가 쓰는 글의 종류도 조금씩 달라지기 시작했다. 소설을
쓰고, 드라마 극본을 쓰고, 야구 감독을 인터뷰해서 그의 자서
전을 썼다. 늘 쓰던 종류의 글을 쓸 때면 예전이라면 하지 않
았을 '좋은 말'을 슬쩍 끼워 넣었다.

한마디로, '나'를 덜 넣어도 되는 글 혹은 텍스트가 말하는 바가 꼭 '나'의 말일 필요는 없는 글을 자연스럽게 더 많이 쓰게 됐다. 그건 그것대로 좋은 일이다. 하지만 어떤 미묘한 갈증이 남는 건 어쩔 수 없다.

나는 글쓰기를 좋아한다. 그중에서도 내가 특히 좋아하는 일은 글을 쓰고 있는 나와 글쓰기 자체의 복잡한 관계를 쓰이는 텍스트를 통해 그대로 드러내는 것이다. 그리고 많은 경우 그것은 '글쓰기는 쉽지 않다'(하지만 나는 써야 한다)는 사실의 다채로운 변주가 되게 마련이다. 왜냐하면 글쓰기는 쉽지 않고, '글쓰기는 쉽지 않다'는 사실을 글로 드러내는 일 자체가 유구한 전통을 자랑하는 문학의 한 장르이기 때문이다.

나는 지금 내가 '징징대지 않았다'고 주장하는 게 아니다. 오히려 이런 게 모든 시대의 작가들, 최소한 아주 많은 작가가 해 온 문학의 일이라고 주장하는 것이다.

그리고 그것은 내가 스스로 금지한 일이기도 했다. 한동안은 그 일 없이도 그럭저럭해 나갈 수 있었다. 하지만 마침내 한계에 부딪힌 순간이 왔다. 바로 지금이다.

나와 글쓰기의 관계를 둘러싼 고찰

이제 내가 해야 할 일은 그것을 다듬는 작업이다

무엇이든 써야 하지만 정작 쓰고 싶은 글은 쓸 수 없고, 대신 무엇을 써야 할지는 모르는 상태에서 바닥을 데굴데굴 구르던 나는, 지푸라기라도 잡는 심정으로 오래된 엑셀 파일을 열었다. 그리고 그곳에서 이런 문장을 발견했다.

> 무슨 수를 써도 글이 써지지 않는다면 그것은 글쓰기라고 할 수 없다. 일어나서 다른 일을 하는 게 더 낫다. 글 쓸 준비가 될 때까지는 펜과 종이를 앞에 두고 앉아 있을 필요가 없다. 당신의 내면이 글쓰기를 거부하고 있다. 당신 안에서 글쓰기를 방해하는 원인이 무엇인지 들여다봐야 한다. 진짜 문제는 글쓰기가 아니라 당신 자신일지도 모른다.
>
> – 피터 엘보, 『글쓰기를 배우지 않기』(1973)[19]

그래서 나는 컴퓨터를 끄고 밖으로 나갔다. 피크민 앱으로 꽃을 심으면서, 가능하다면 내 머리도 '꽃밭'이 되기를 바라면서, 무작정 걸었다. 걷기만 했다. 하지만 아무리 걸어도 머릿속은 새하얗기만 했다. 마치 새하얀 모니터처럼….

다시 돌아온 나를 기다리는 것은, 사랑하는 미국 작가 시그리드 누네즈의 문장이었다.

> 최근 난 산책을 많이 했는데도 글을 쓰지 못했어요.
> 마감 시한을 넘겼죠. 사정을 봐줘서 마감이
> 연장되었어요. 그 날짜도 놓쳐 버렸죠. 이제
> 편집자는 내가 꾀병을 부린다고 생각해요.
> – 시그리드 누네즈, 『친구』(2021)[20]

내가 느끼는 고통을 누군가가 정확히 묘사한 문장이 존재한다는 사실은, 그 자체로 이상한 위안이 된다. 마치 내가 써야 할 문장을 누가 대신 써 줬다는 느낌. 나는 상처를 핥는 개처럼, 모니터에 코를 박고 엑셀 파일 속 문장들을 오래도록 톺아보았다. 거기엔 이런 문장들이 있었다.

> 아예 쓰지 않는 것보다도 후지게 쓰는 것이 두려웠다.
> – 테오도르 칼리파티데스, 『다시 쓸 수 있을까』(2019)[21]

> 내가 만약 시나리오도 쓸 수 없다면 나는
> 정말 아무것도 아니게 될 것이다.
> – 정서경, 『나의 첫 시나리오』(2024)[22]

나와 글쓰기의 관계를 둘러싼 고찰

즐거움이 없다면 아무리 해도 소용이 없다.

– 스티븐 킹, 『유혹하는 글쓰기』(2017)[23]

그러다가 "우리의 예술 여정 전체는 우리가 사실은 충분히 가지고 있다고 믿고, 무엇을 가졌는지 파악하고, 그런 다음에 그것을 다듬는 과정으로 이해할 수도 있다."라는 미국 작가 조지 손더스의 문장 앞에서 눈길을 멈췄다. 곧이어 어떤 생각이 나를 찾아왔다.

우리가 사실은 충분히 가지고 있다고 '믿어야' 하는 이유는, 그렇지 않으면 자꾸 더 채우려고 들기 때문이다. 집 안을 잠식한 책 때문에 비명을 지르면서도 계속해서 책을 사는 내가 그렇듯. 일단 믿은 다음에야 내가 무엇을 가졌는지 파악할 수 있다는 뜻으로 그 문장을 받아들였다. 그래서 나는 일단 믿고, 그런 다음 내가 무엇을 가졌는지 헤아려 보았다.

결국 다음이 내가 가진 것이었다—엑셀 파일 속 문장들, 글쓰기와 맺어 온 오랜 관계, 글쓰기를 이러워하지만 그럼에도 좋아하고 계속 쓰고자 하는 마음 같은 것들. 그렇다면 이제 내가 해야 할 일은 그것을 다듬는 작업이다. 다른 것을 가질 수도 있었을 텐데, 더 많이 가질 수도 있었을 텐데, 하는 생각

180 - 181

은 아무 소용이 없다.

그래서 쓰게 된 게 바로 이 글이다. 나는 여전히 많은 사람이 이런 글을 좋아하지 않을 거라고 생각한다. 하지만 이것이 지금 내가 쓸 수 있고 또 써야만 하는 유일한 글이라고 믿는다. 이제 어디로 가야 할까? 모르겠지만, 일단은 내게 약간의 여유를 허락해 주기로 하자.

비로소 집에 돌아온 기분이다.

나와 글쓰기의 관계를 둘러싼 고찰

그래서 정말 도대체 어떡해야 하지?

분명 일을 하려고 책상 앞에 앉았는데, 정신을 차려 보니 거실 소파 위였다. 가끔 그럴 때가 있다. 어두운 밤에 희끄무레한 유령을 마주치면 그렇게 하듯, 하얀 모니터를 바라보다가 나도 모르게 도망치게 되는 순간이.

마침 TV에서는 〈유퀴즈 온 더 블럭〉을 방영하고 있었다. 박찬욱과 이병헌이 나온 편이었다. 자연스럽게 아내 곁에 앉아 그것을 보는데, 유재석이 이병헌에게 물었다. 연기에 대한 부담감은 없느냐고. 그러자 이병헌은 이렇게 대답했다.

"우리가 하는 일이라는 게, 매일 똑같은 일을 해서 어떤 기술이 되게 능숙해지고 그런 일이 아니고, 남의 삶을 잠깐 사는 거잖아요. 삶을 어떻게 연습을 해요? 그러니까 내가 벌써 30

년이 넘은 배우인데, 공백을 갖고 새 작품을 딱 들어가기 전에 '잠깐만, 연기를 어떻게 하는 거였지?' 하는 순간이 있어요. 완전 막막해지는 백지의 상황이 되는 순간이 있어요."

실제로 그는 〈공동경비구역 JSA〉 촬영을 앞두고 박찬욱 감독을 만나 못 하겠다고 말한 적도 있다고 했다. 그로부터 벌써 20년이 넘는 시간이 흘렀는데, 여전히 새로운 작품 앞에서 막막해진다는 고백이 묘하게 반가웠다. 매번 글을 쓸 때마다 "잠깐만, 글을 어떻게 쓰는 거였지?" 괴로워하는 16년차 전업 작가가 여기에 있다며 손을 흔들고 싶을 정도였다.

그렇다고 두려움이 사라지는 건 아니다. 하지만 조금 덜 괴로울 수는 있다. 내게는 나만 그런 건 아니라는 확인이 필요했다. 내가 좋아하고 소중하게 생각하는 일에 두려움을 느끼는 것이 전혀 이상한 일이 아니라는 확신이.

생각해 보면, 시작은 늘 백지다. 덧쓰기는 가능해도 첫 문장은 언제나 새로 나온다. 그러니 백지가 되는 건 결함이 아니라 조건이고, 매번 새로운 글을 쓰려면 매번 백지로 돌아가야 한다.

다만 시간이 쌓이며 두려움에 대처하는 일에 조금 능숙해지기는 한다. 두려움이 스물스물 올라오면, 이제 나는 진짜로

그래서 정말 도대체 어떡해야 하지?

도망친다. 헤드폰을 쓰고 앨범 하나를 끝까지 듣거나, 만화책을 세 권쯤 내리 보거나, 목적지 없이 무작정 걷는다. 그리고 돌아온다. 책상 앞에 다시 앉는다. 빈 문서를 열고, 일단 저장한다. 제목부터 붙인다. 한 문장만 쓴다. 그러면 두려움은 '내가 쓸 수 있을까'에서 '이 문장 다음에 뭐가 올까'로 옮겨 간다. 그때부터는 두려움이 일을 한다.

두려움은 재능의 반대말이 아니다. 적어도 나에게 두려움은, 내가 여전히 이 일을 소중하게 생각한다는 표시다. 재능은 막힘없이 술술 쓰는 게 아니라, 두려운데도 돌아오는 것이다. 글은 엉덩이로 쓴다고들 하지만, 실은 허리로 쓴다. 막막해도 허리를 세우고 다시 앉는 것이다.

그래서 정말 도대체 어떡해야 하냐고? 일단은 도망쳐도 된다. 단, 너무 멀리 가지 말 것. 결국 돌아올 것. 그리고 하얀 화면 앞에서, 백지가 된 스스로를 받아들일 것. 그런 다음 우리는 쓰기 시작한다.

3부

어쩌긴 뭘 어째, 계속…

나만의 시간에 만난
지금 해리 포터

희한하게도, 시간이란 앞으로 닥칠 일이 두려워서
늦출 수만 있다면 뭐든지 내놓겠다는 간절한 마음이
들수록 더욱 빨리 흘러가는 경향이 있다.

– J. K. 롤링, 『해리 포터와 불의 잔』[1]

돌이켜 보면 시간은 늘 그랬다. 음악 수업 시간에 치를 가창 시험을 몇 주 앞두고 벌벌 떨던 어린 시절에도 그랬으며, 입영 통지서를 받고서 마치 시한부 인생이라도 선고받은 것처럼 굴던 20대 시절에도 그랬디. 그리고 그건 시키지 못할 게 뻔한 마감일을 초조하게 체크하는 지금도 마찬가지다.

정말 희한한 일은 이거다. 왜 나는 얼마 남지 않은 시간이나마 최선을 다해 닥칠 일을 대비하는 대신, 그러니까 노래를 연습하거나 수줍음을 극복하기 위한 시도를 하거나 군대에서 버틸 수 있는 체력을 기르거나 후회 없이 남은 시간을 보내기 위해 노력하거나 원고를 한 줄이라도 더 쓰기 위해 키보드를 두드리는 대신, 그저 '그것을 늦출 수만 있다면 뭐든지 내놓겠다는 간절한' 생각만 하고 앉아 있는가?

문득 오래된 농담이 떠오른다. 체중 관리에 어려움을 겪는 사람이 살을 뺄 수만 있다면 무엇이든 하겠다고 절망적으로 외친다. 이때 악마가 그의 앞에 나타난다.

"무엇이든 할 수 있다고?" 악마가 묻는다. "네, 영혼이라도 팔겠습니다!" 하지만 악마는 인간의 영혼 같은 건 필요 없다며 손을 휘휘 젓는다(악마의 창고는 수천 년 전부터 사들여 온 쓸모없는 영혼들로 가득 차서 새로운 영혼을 들일 자리가 없다. 읽지 않은 책으로 가득한 애서가의 책장이 그런 것처럼…). 악마는 그의 눈을 들여다보며 다시 한번 묻는다. "정말 무엇이든 할 수 있어?" 필요하다면 친구를 배신하고 부모와도 절연할 기세로 고개를 끄덕이는 그에게 악마가 말한다.

"그러면 운동을 해."

여러 해석이 있을 수 있겠지만, 나는 이것이야말로 악마적인 말이라고 생각한다. 운동을 하기 위해서는 시간이 필요하다. 살을 빼려면 적절한 식단 관리도 병행해야 하는데, 그러려면 돈이 필요하다. 당연한 얘기지만 누구에게나 충분한 시간과 돈이 있는 건 아니다. 하루 대부분을 생계에 혹은 학업에 쏟아야 하는 사람이 있다. 그런 이에게 자는 시간을 쪼개 운동하고, 열량이 높은 정크푸드나 배달 음식 대신 신선하고 건강한 재료로 식사를 차려 먹어야 한다고 말하는 건 지나친 요구가 아닐까?

가난할수록 비만일 확률이 높다는 수많은 연구 결과가 있다. 개인만의 문제가 아닌 사회 전체의 문제라는 뜻이다. 따라서 모든 것이 운동하지 않는 당사자의 문제인 양 단언하는 악마의 말은 '가스라이팅'이다. 개개인에게 책임을 전가하며 오히려 근본적인 문제 해결을 더욱 어렵게 만드는 나쁜 말이다.

물론 게으름이나 집중력 부족이나 여러 개인적인 이유 때문에 체중 관리에 어려움을 겪는 경우도 존재한다. 그리고 나날이 늘어만 가는 뱃살과 더불어 원고 마감에 어려움을 겪는 나 역시 그런 케이스라고 해야 할 것이다….

내가 쓴 글이 나 아닌 다른 사람들에게도 의미를 지닐까?

나는 겁이 많은 아이였다. 두려운 것이 많은 반면, 두려움을 처리하는 방법은 잘 알지 못했다. 그저 웅크린 채 모든 것이 지나가기를 기다릴 뿐이었다. 그리고 시간이 흘러 여전히 두려움 앞에서 쩔쩔매는 어른이 되었다.

두려움에는 크게 두 가지 종류가 있다. 하나는 실패에 대한 두려움이다. 주위의 기대에 부응하지 못할까 두려워할 수도 있고, 한 번의 실패로 모든 것이 끝날지도 모른다는 두려움일 수도 있다.

해리 포터의 두려움이 전자라면 내가 지닌 두려움, 그리고 우리 시대의 많은 사람이 가진 두려움은 후자다. 부모님의 복수와 마법 세계의 안녕을 위해 스스로 목숨을 걸고 '이름을 말해선 안 되는 그 사람'에게 대항하는 해리에게는 미안한 말이지만, 나는 때론 후자의 두려움이 보다 가혹할 수 있다고 생각한다.

'살아남은 아이'에게 주어진 과업은 한 사람이 짊어지기에는 지나치게 무겁다. 하지만 최소한 거기에는 고결함이 있다. 비록 실패하더라도(실패하지 않겠지만) 해리는 위대한 도전을 한 것이다. 모두가 이름을 말하기도 두려워하는 희대의 악당을 물리치는 데 실패했다고 해서 누가 가련한 해리를 비난할 수 있겠는가? 하지만 사소한 실패조차 치명적인(것처럼 여겨지는) 세상에서는 실패한 이를 위해 남겨진 몫은 아무것도 없다. 그저 '이름 없는 사람'이 되어 쓸쓸히 사라질 뿐이다.

그런 세상에서는 단지 실패하지 않는 것만으론 충분하지 않다. 자신의 안전을 확보하기 위해서라도 단순한 성공을 뛰어넘는 '완벽한 성공'이 필요하다. 이는 곧 두 번째 두려움, 완벽에 대한 강박으로 이어진다. 그리고 '완벽하지 못하면 어떡하지.' 하는 불안감은 우리를 머뭇거리게 만들고, 망설임과 의심은 성공을 더욱 어렵게 만든다. 악순환이다.

더 나쁜 건 완벽을 둘러싼 강박이 우리를 시도조차 하지 않게 만든다는 점이다. 마감일까지 완벽한 글을 쓰지 못할까 봐 두렵다면 아예 글을 쓰지 않으면 된다! 그렇다면 작가는 완벽한 글을 쓰는 데 실패한 게 아니라, 쓰기만 하면 완벽할 수도 있었을 글을 쓰지 '않은' 것이 되기 때문이다. 물론 글을 쓰지 않으면 작가라고 할 수 없다. 그러니 차선책은 내내 손을 놓고 있다가 마감일이 닥쳐서야 부랴부랴 글을 써서 보내는 것이다. 그렇게 쓴 글은 완벽함과는 거리가 멀겠지만, 적어도 완벽한 핑계는 생긴 셈이다. 시간이 없었다는 핑계. 그건 일종의 심리적 방어기제다. 지나치게 자기 파괴적인 방어기제라고 해야겠지만.

오해를 피하고자 말해 두자면, 나는 그런 작가가 아니다. 예전에는 그런 구석이 없지 않았다. 하지만 어느 순간부터 내 손을 얼어붙게 만드는 건 좀 더 근본적인 두려움이다. 내가 하는 일에 대체 무슨 의미가 있는지 모르겠다는 의문이 그것이다. 물론 내게는 아주 많은 의미가 있다. 그건 철저하게 개인적이고 주관적인 의미다. 하지만 우주적인 관점에서 본다면, 아니, 과장하지 말자. 그저 나의 주관적인 시점에서 한 걸음 물러나 보는 것으로 충분하다. 그때도 여전히 내 글에 의미가 있을까? 다시 말해, 내가 쓴 글이 나 아닌 다른 사람들에게도 의미를 지닐까? 그게 아니라면 나는…. (덜덜덜)

우리가 모두 다르듯 우리의 시간도 서로 달라서

많은 일이 그렇지만, 작가의 일 역시 두려움을 상대하는 것이다. 백지의 두려움, 글을 완성하지 못하는 데 대한 두려움, 세상에 실질적인 도움이 되는 다른 일들과 달리 애꿎은 나무만 희생하고 있는 게 아닌가 하는 두려움, '똥글'을 쓰는 것을

나만의 시간에 만난 지금 해리 포터

향한 두려움, 사람들의 눈앞에 글을 내놓으며 느끼는 두려움, 역사에 길이 남을 만한 걸작을 썼는데 전혀 팔리지 않으면 어쩌나 하는 두려움(그래, 나도 이게 말도 안 되는 걱정이라는 걸 안다. 그래도 두려운 걸 어떡해!), 기타 등등.

내가 『해리 포터』 시리즈를 읽은 것도 두렵기 때문이다. 중요한 프로젝트를 앞둔 시점이었다. 지금까지 내가 해 오던 일과는 조금 다른 성격이었는데, 마침 내가 하는 일에 한계를 느낀 시기라 고심 끝에 하겠다고 결정했다. 하지만 프로젝트의 초석이 될 첫 번째 인터뷰 시간이 다가올수록 점점 자신감이 사라졌다. 전혀 준비되지 않은 것처럼 느껴졌고, 두려웠다. 물론 시간은 턱없이 부족했다. 그리고 나는 그 부족한 시간을 조금이라도 의미 있게 보내려고 노력하는 대신, 익숙한 두려움에 움츠러든 채 그저 흘려보내고만 있었다. 도망치고 싶었지만 달리 갈 곳이 없었다. 그러니 책 속으로라도 도망치는 수밖에.

고백하자면 『해리 포터』 시리즈를 읽은 선 이번이 처음이다. 오래전에 몇 번쯤 시도해 본 적이 있지만 매번 1부 『해리 포터와 마법사의 돌』(1997)도 읽지 못하고 포기했다. 그때마다 나는 '모든 일에는 때가 있다.'라는 흔한 말을 떠올린 것 같다. 유년 시절 좋아하던 영화와 청년이 되어 좋아하는 영화가 다르듯, 내가 해리 포터의 세계에 빠져들 수 있는 적절한 시기를 놓쳤다고 생각했다. 청소년 시절에 읽었으면 좋았겠지만, 너무 늦게 만나서 몰입할 수 없었다고. 그건 아쉽지만 어쩔 수 없는 일이다. 솔직히 말하면 크게 아쉽지도 않았다. 그것 말고도 읽어야 할 책은 늘 쌓여 있었으니까.

이번이라고 별다른 기대가 있던 건 아니다. 다만 출판계에서 일하며 아직도 『해리 포터』 시리즈를 읽지 않았다는 죄책감과 해리 포터 '덕후' 출신의 번역가가 새롭게 번역했다는 호기심과 뭐라도 배울 것을 찾아 나도 베스트셀러를 써야겠다는 작가적 야심이 조금씩 뒤섞인 마음에서 즉흥적으로 책을 집어 들었다. 어차피 이번에도 읽다 말 테니 그때부터 프로젝트를 벼락치기로 준비하면 되겠다는 얄팍한 생각도 없지 않았다. 코앞에 닥친 일이 두려워서 도망칠 곳이 필요했지만, 그렇다고 돌아올 수 없을 정도로 너무 멀리 도망치는 건 더욱 두려웠기에 나름의 안전장치를 건 셈이다.

물론 세계적 베스트셀러 작가인 J. K. 롤링의 '필력' 앞에 한국에서조차 베스트셀러 작가는 아닌 나의 계산 같은 건 아무런 소용이 없었다. 1권 중반쯤에서 '아차, 내가 이럴 때가 아니지.' 생각하며 잠깐의 외유를 오히려 동력으로 삼아 프로젝트 준비에 뒤늦게 매진하는 대신, 나는 길을 걸으면서도 밥을 먹으면서도 친구를 만나면서도 늦은 밤 침대에 누워서까지 틈틈이 스마트폰으로 『해리 포터』 시리즈를 읽었다. 일주일 동안 밤낮 없이 2만 페이지가 넘는 e-book 『해리 포터 컴플리트 컬렉션』을 완독해 버렸다. 그게 프로젝트의 첫 번째 미팅 바로 전날 저녁이었고, 마지막 페이지를 덮자마자 준비를 시작한 나는 결국 한숨도 못 자고 인터뷰를 진행해야 했는데, 걱정한 것보다는 잘 진행했지만 그걸 바탕으로 300페이지가 넘는 책을 써야 하는 지금 익숙한 두려움과 중압감에 진도는 좀처럼 나가지 않고, 이제 프로젝트의 관계자들이 이 글을 읽으면 어떡하나 하는 두려움까지 더해져서….

하지만 이 모든 일에도 교훈은 있다. 이 경험을 통해 언제부턴가 늘 나를 괴롭히던 '시간'이라는 것을 조금 새로운 시각으로 바라볼 수 있게 되었다. 이제 나는 '모든 일에는 때가 있다.'라는 말이 대부분 사람에게 통용되는 인생의 보편적인 단계 같은 게 있어서, 그때그때 시기마다 적합한 일을 하지 않으면 시간이 지나 다시 하기는 어렵다는 뜻이 아니라는 사실을 안다. 그건 우리가 모두 다르듯 우리의 시간도 서로 달라서,

똑같은 일이라도 개인마다 적합한 시기가 다르다는 의미다. 그러니까 과거의 내가 생각한 바와 달리 나는 『해리 포터』 시리즈를 읽어야 하는 때를 놓친 게 아니라, 반대로 『해리 포터』 시리즈를 읽을 때가 아직 오지 않았을 뿐이었다는 말이다. 내게 그'때'는 바로 지금이니까!

당연하게도 그런 생각이 시간과 나 사이의 많은 문제를 모두 해결해 주지는 않는다. 하지만 우리가 저마다 다른 시간을 살고 있다는 사실을 기억할 필요가 있다. 그때 우리에게 필요한 자세는 실패를 절망하기보다는 적합한 때가 오기를 기다리는 일이 될 것이므로. 그런 생각이 마감 기한을 늘려 주지는 않지만, 최소한 두려움에 벌벌 떨며 얼마 남지 않은 시간을 초조하게 흘려보내는 대신 '원고를 시작하기에 가장 좋은 시간은 지금이다!'라는 진취적인 자기최면을 거는 데는 도움이 된다.

"모르겠어, 해리. 난 잘 모르겠어…. 너무나 많은 것들이 잘못될 수 있어. 운에 기대는 것도 너무 많고…."
"석 달을 더 준비해도 그럴 거야." 해리가 말했다.
"이젠 행동에 나설 시간이야."
– J. K. 롤링, 『해리 포터와 죽음의 성물』(2007)[2]

나만의 시간에 만난 지금 해리 포터

비워 내며
얻은 것들

○

"이것은 내 의견이지만 내가 틀렸을 수도 있어."라고 말하는
근대적인 습관은 완전히 비합리적이다. 내가 그것이 틀렸을지도
모른다고 말한다면, 나는 그것이 내 의견이 아니라고 말하고
있는 것이다. "모든 사람은 서로 다른 철학을 가지고 있다.
이것이 나의 철학이며 이것이 나에게 맞는다."라고 말하는
근대적인 습관은 단지 나약한 정신의 표현일 뿐이다.

– G. K. 체스터턴, 「욥기 서론: 죽어야 사는 사람」[3]

좋은 소식과 나쁜 소식이 있다. 먼저 좋은 소식은, 일전에 내
가 밝힌 새해 목표 '책 500권 덜어 내기'를 거의 다 이뤘다는
사실이다. 한 달 동안 400권이 조금 넘는 책을 버렸는데, 이
대로라면 올해 안에 내가 가진 책을 거의 다 정리해 버릴 수
있을 정도다. 그러는 동안 57권의 책을 사기는 했지만, 그래

도 고무적인 숫자가 아닐 수 없다.

이게 다 최근에 자기계발서들을 몰아 읽으며 실천의 중요성을 뼛속 깊이 새겨 넣은 덕이다, 라고 하면 물론 거짓말이고. SBS 드라마 〈제중원〉(2010)을 쓴 이기원 작가의 블로그에서 '공모전에 당선되는 극본 쓰기'라는 포스트를 읽은 것이 계기였다.

드라마 작가답게 서사 구조에 깊은 관심을 지닌 그는 지금껏 자신이 읽어 온 관련 서적을 길게 나열한다. 크리스토퍼 보글러의 『신화, 영웅 그리고 시나리오 쓰기』(1992), 조지프 캠벨의 『천의 얼굴을 가진 영웅』(1949), 스튜어트 보이틸라의 『영화와 신화』(1999), 블레이크 스나이더의 『Save the Cat!: 흥행하는 영화 시나리오의 8가지 법칙』(2005), 제시카 브로디의 『Save the Cat!: 나의 첫 소설 쓰기』(2018), 시드 필드의 『시나리오 워크북』(1984), 오쓰카 에이지의 『만화로 배우는 이야기 학교』(2013), 오기환의 『스토리: 흥행하는 글쓰기』(2020), 김태원의 『매혹적인 스토리텔링의 탄생』(2019), 조성황·조성진의 『만화 스토리텔링!: 실전 노트』(2014), 토드 클릭의 『시나리오 쪼개기』(2016).

그는 지금부터 자신이 이 책들의 핵심을 전달하겠노라 말

비워 내며 얻은 것들

하며 이렇게 덧붙인다. 혹시 몰라서 당부하는데, 여기 소개된 책을 모두 갖고 있는 사람은 자신으로 족하다고, 어차피 당신은 사더라도 읽지 않을 게 분명하다고, 대신 본인의 글을 읽고 호기심이 생긴다면 그때 필요한 책들을 사서 깊게 공부하라고, 그렇지만 여기 소개된 책을 모두 사 버린다면 당신은 작가가 아니라 북호더(book hoarder)가 될 공산이 크다고.

오해를 피하고자 말해 두자면, 나는 그의 글을 읽고 그가 소개하는 책을 모두 사지 않았다. 그럴 이유가 전혀 없었다. 북호더가 될까 두려워서가 아니라, 예전에 이미 사 두었기 때문이다. 그가 소개하지 않은 다른 많은 책까지도….

하지만 부끄럽지는 않다. 그의 호언과 달리 나는 11권 가운데 최소한 절반 이상을 완독했고, 나머지 절반도 필요한 부분만 찾아서 읽었으니까. 한마디로, 나는 북호더가 아니다! 내가 부끄러운 이유는 따로 있다. 그렇게 많은 관련 서적을 사고 또 읽었음에도 내가 시나리오 쓰기, 소설 쓰기, 스토리텔링, 뭐라고 부르건, 사람의 마음을 움직이는 이야기를 만들어 내는 방법을 아직도 통 모른다는 사실이다.

그러니 그의 말이 맞는다. 이야기를 쓰고 싶으면 이야기를 써야 한다. 이야기를 쓰는 방법에 관한 책을 살 게 아니라. 나는 그날 바로 책장을 뒤엎었다.

이제라도 깨달은 게 어디냐

그렇다고 이미 가지고 있는 책을 버릴 필요가 있을까? 이제라도 책은 그만 사고 이야기를 쓰면 되지 않나? 그러다 보면 예상하지 못한 순간에 이미 사 둔 책들이 도움이 될 수도 있는 거 아닌가?

이게 정확히 지금까지 내가 품었던 생각이다. 하지만 그 생각은 틀렸다. 그것은 단순히 몇 권의 책을 지녔느냐의 문제가 아니라, 세상을 살아가는 태도의 문제이기 때문이다. 내가 써 온 일기만 봐도 그건 분명하다. 어떤 책을 샀고, 무슨 영화를 봤으며, 어떤 음악을 들었고, 누구에게 어떤 이야기를 들었는지…. 내 일기는 마치 '인풋 노트' 같았다. 나는 작가이면서도 내 생각을 '내보이는' 사람보다는 세상을 '받아들이는' 사람으로서 살아간 것이다.

물론 받아들이는 일은 중요하다. 무언가를 세상에 내보이기 위해서는 재료가 있어야 하니까. 나는 아무것도 읽지 않고 작가가 되겠다는 사람을 믿지 않는다. 하지만 많은 것을 받아들인다면 그만큼 많은 것을 내보내야 한다. 아니면 '뻥!' 하고 터져 버리겠지. 혹은 어딘가 얹힌 듯한 기분과 무거운 마음으로 하루하루를 그저 꾸역꾸역 버텨 내거나. 언제부턴가 내가 그랬던 것처럼.

그래서 나는 새로운 노트를 쓰기 시작했다. 이름하여 '산출 노트'. 지금껏 써 온 일기와 반대로 내 안에서 밖으로 나간 것들을 기록하는 작은 수첩이다. 책을 몇 권 버렸는지, 어떤 글을 썼고 어떤 아이디어를 떠올렸는지, 누구에게 전화를 걸고 메일을 보냈는지 등등.

그건 내 안의 '인풋' 모드를 '아웃풋' 모드로 바꾸겠다는, 지금까지 무작정 쌓아 두기만 한 것들을 이제 비워 내겠다는 의지의 표현이었다. 그렇게 시작된 '비움'은 점점 더 확장되어 갔다. CD 119장을 정리했고, 하드디스크의 불필요한 파일과 중복된 파일을 삭제했으며, 클라우드 저장소까지 정리했다(솔직히 말하면 용량이 가득 차서 어쩔 수 없었지만…). 냉장고 속 오래된 재료들을 꺼내 버릴 건 버리고 남은 것을 모두 모아 '냉장고 털이'를 했고, 심지어 '나중에 읽어야지.' 하고 열어 둔 채 방치한 수십 개의 브라우저 탭까지 정리했다.

그중 하나가 『욥기』☆에 관한 영국 작가 G. K. 체스터턴의 글이었다. 1년이 넘도록 열려 있던 그 글에서 체스터턴은 이렇게 말하고 있었다. 철학은 영원한 것이어야 하며, 그렇지 않다면 그건 철학이 아니라고. "이것은 내 의견이지만, 내가 틀렸을 수도 있어."라는 말버릇과 누구나 각자의 철학이 있다는 상대주의적 태도는 비합리적일뿐더러 나약한 정신의 표현에 불과하다고. 그것은 다름 아닌 나의 말버릇이고 나의 태도였다.

순간 모든 것이 맞아떨어지는 느낌이었다. 나는 늘 '-같다.'라는 말을 달고 사는 사람, 10년이 넘게 글을 써 왔지만 무언가를 주장하기보다는 '이럴 수도 있고, 저럴 수도 있으며, 이러는 동시에 저럴 수도 있다'는 다양성과 역설에 더 끌리는 사람이었다. 나는 내가 틀릴 수도 있다는 사실을 잊지 않으려 노력했고, 그래서 지금껏 글을 쓸 수 있었다고 생각한다. 하지만 과연 그것만으로 충분한 걸까?

열린 마음을 갖는 일은 물론 중요하다. 확신할 수 없는 일은 유보해야 하고, 말할 수 없는 것에 대해서는 침묵해야 하는

☆ 구약성경의 한 권. '착하게 살아온 사람이 왜 감당하기 힘든 불행을 겪어야 하는가?'라는 물음을 던진다.

비워 내며 얻은 것들

것도 맞는다. 하지만 작가에게는 '누가 뭐라 한들 이것이 나의 생각이고 나는 그것을 말하겠다.'라는 자세가 필요하다. 다시 말해, 내가 지금껏 '사람의 마음을 움직이는 이야기'를 쓰는 방법을 찾아내지 못한 건 소재나 기술의 문제가 아니라 태도의 문제였다.

이제야 이걸 깨달았다고?

이제라도 깨달은 게 어디냐.

나는 에세이가 너무 좋다

지난 한 달 동안 책과 CD와 파일을 정리하면서 그보다 더 많은 것을 비워 낸 기분이다. 내가 지닌 편견, 아집, 두려움, 말로 하면 뻔한—그렇지만 내가 작가이기에 말로 할 수밖에 없는 그런 것들. 언제부턴가 늘 무겁기만 하던 마음도 조금은 가벼워졌다. 이런저런 이물질로 꽉 막혀 있던 배관이 뚫린 것처럼 비로소 생각이 흐르는 느낌.

하지만 이 글은 곤도 마리에의 『설레지 않으면 버려라』(2010)도 아니고, 이용규 선교사가 쓴 『내려놓음』(2006)이나 혜민스님의 『멈추면, 비로소 보이는 것들』(2012)도 아니며,

오쇼 라즈니쉬가 쓴 『비움: 내 안의 참나를 만나는 가장 빠른 길』은 더더욱 아니다. 다만 지난 글에서 내가 즉흥적으로 세운 신년 계획이 예상보다 빠른 속도로 이루어지고 있다는 사실을 독자 여러분께 간단하게 보고하는 자리일 뿐이다.

그러고 보니 아직 나쁜 소식을 말하지 않았네. 나쁜 소식은, 지난 한 달 동안 이것저것 비우는 데 너무 많은 시간과 노력을 쓰느라 정작 밀린 일들은 거의 하지 못했다는 사실. 하지만 덕분에 이 글을 쓸 수 있었으니 그러면 된 거 아닌가? 이게 바로 내가 돈이 되는 글쓰기를 찾아 영화판과 드라마판을 기웃거리면서도, 여전히 에세이 쓰기를 놓지 못하는 이유다. 젠장, 나는 에세이가 너무 좋다.

연필로 밑줄 긋기의
감각

그렇기에 우리는 끊임없이 책을 읽고 또 밑줄을 긋는다.
자신의 욕망을 마주하며 자신을 발견해 나가는 것이다.

– 금정연, 『서서비행: 생계 독서가 금정연 매문기』[4]

한동안 책을 읽지 못했다. 명절과 각종 경조사, 이사, 아이의 초등학교 입학으로 정신없이 바쁜 몇 달을 보냈으니 이상한 일은 아니다. 그런데 자꾸만 위화감이 드는 이유가 무언지?

정확히 내가 몇 권의 책을 읽었는지 사실 확인을 위해 독서 기록 앱을 열었다. 지난 두 달 동안 새로 등록된 책은 스무 권 남짓, 그중 내가 끝까지 읽은 책은 열 권이었다. 확실히 많은 양은 아니었지만, 그렇다고 엄청나게 적은 것도 아니었다.

문제는 대부분 책이 내용은커녕 읽었다는 사실조차 가물가물하다는 점.

　아무리 한 살 더 나이를 먹었다지만 이럴 일인가…. 조금 아연한 기분으로 목록을 들여다보는데, 문득 전자책의 비율이 높다는 점이 눈에 들어왔다. 완독한 책들의 경우에는 그 비율이 좀 더 높았다. 그래서 구독한 전자책 서비스에 들어가 보니 기록에도 없는, 읽다 만 책이 수십 권도 넘었다. 심지어 제목조차 낯선 책들까지!

　알다시피 전자책과 종이책의 읽기 경험은 다르다. 책의 고유한 물성이 인간의 기억에 미치는 긍정적인 영향에 관한 연구도 여럿 있다. 반대로 말하면, 어떤 책이든 동일한 화면을 통해 보는 전자책은 기억에서 휘발되기가 더욱 쉽다는 이야기다. 하물며 동영상과 SNS와 메신저와 웹페이지가 모두 한 스크린으로 출력되는 스마트폰으로 본다면 말할 것도 없다.

　그렇다고 전자책 탓만 할 수는 없는 노릇이다. 그런 단점을 알면서도 전자책을 선택한 건 바로 나니까. 그건 전자책이 지닌 다른 장점들 때문이지만, 이와 동시에 단점을 보완할 방법도 생각해야 했다는 말이다. 무릇 어른이라면 자신의 선택에 책임을 져야 하므로.

연필로 밑줄 긋기의 감각

…아니면 눈에 불을 켜고 또 다른 핑계를 찾을 수도 있고. 유치하고 치졸해 보이지만 그것 또한 현실의 많은 어른이 하는 일이 아니던가?

나는 사실상 펜으로 책을 읽는다

내가 새롭게 찾은 핑계는 밑줄이다. "나는 사실상 펜으로 생각한다. 왜냐하면 내 머리는 종종 내 손이 무엇을 쓰고 있는지 전혀 모르기 때문이다."라던 오스트리아 출신 철학자 루트비히 비트겐슈타인을 따라 말하자면, 나는 사실상 펜으로 책을 읽는다. 왜냐하면 눈으로 읽은 글이 뇌를 스치듯 사라지는 것과 달리, 밑줄을 그으며 읽은 글의 경우 적어도 손의 감각만은 생생히 기억에 남기 때문이다.

물론 전자책에도 밑줄을 그을 수 있다. 실제로 나는 읽었다는 사실조차 기억에 남지 않는 전자책을 읽는 동안에도, 전자 잉크 기반 리더기의 느린 반응에 진절머리를 내면서 손가락을 꾹 눌러 밑줄을 그었다. 하지만 그건 책에 연필로 긋는 밑줄과 같지 않다. 나는 지금 연필의 손맛, 혹은 아날로그의 가치 같은 걸 말하는 게 아니다(그런 말이기도 하지만…). 예를 들어 볼까.

　나는 잠시 타이핑을 멈추고 자리에서 일어나 책장을 둘러본다. 읽지 않은 책이 가득한 그곳에서 내가 이미 읽은 책들을 몇 권 골라 책상 앞으로 돌아와 휘리릭 책장을 넘긴다. 그리고 수없이 많은 밑줄 가운데 유난히 내 눈길을 잡아끄는 몇 개의 밑줄을 고른다. 이런 문장들이다.

> 내 책들과, 지금 이 책을 쓸 수 있게 되기까지
> 내가 읽어야 했으나 읽지 못한 책들은 나를
> 에워싼 채 내 양심을 짓누르는 중이었다. 내
> 눈앞에서 나를 비난하고 있는 그 책들을 그때
> 나는 가능한 한 오랫동안 모르는 척했다.
>
> – 브라이언 딜런, 『에세이즘』(2023)[5]

> 그해 봄, 인생살이가 어지간히 고되고 내 신세와
> 전쟁하며 어디로 가야 할지 통 보이지 않아
> 막막해하던 때에, 나는 기차역 에스컬레이터에서
> 유난히 많이 울었던 것 같다. 내려갈 때는 멀쩡한데
> 가만히 서서 위로 운반되다 보면 감정이 북받쳤다.
>
> – 데버라 리비, 『알고 싶지 않은 것들』(2018)[6]

> 우리는 모두 유령이에요. 너무 빨리 유령 영화

연필로 밑줄 긋기의 감각

속으로 들어와 버렸죠. 하지만 저는 이 착한 사내를

상처 주기 싫어서 그냥 입을 다뭅니다. 게다가

그가 그 사실을 알고 있을지 누가 알겠어요.

– 로베르토 볼라뇨, 「조안나 실베스트리」, 『전화』(2010)[7]

프랑스 시인 로트레아몽 백작의 "수술대 위의 재봉틀과 우산의 우연한 만남은 얼마나 아름다운가"(『말도로르의 노래』, 1869)라는 시구는 낯선 이미지로 사람들의 안이한 상상력에 충격을 주고 싶어 한 초현실주의자들의 강령이 되었지만, 나는 여기서 그런 이야기를 하려는 게 아니다. 그보다는 '가능세계'에 관한 이야기라고 할까. 각각의 작품 속에 고정된 문장들을 가져와 다른 맥락 속에 위치시키는 일, 그건 어쩌면 그 문장들이 지닌 가능성을 하나 돌려주는 일인지도 모른다. 물론 위에서 내가 이어 붙인 문장들은 어떤 가능세계라기보다는, 곤경에 처한 중년 프리랜서(=나)의 처지를 극사실주의적으로 표현하는 듯 보이지만.

반면에 전자책은 폐쇄적이다 방금 내기 한 것처럼 책장을 넘기며 밑줄 친 문장들을 일별할 수 없다는 의미에서다. 밑줄 친 부분만 모아서 보는 기능을 제공하긴 하지만, 종이책 속 밑줄이 누군가 정성스레 꾸민 집에서 내 눈을 잡아끄는 물건에 표시해 놓는 일과 비슷하다면, 그래서 우리가 그 집에 다시 들어갔을 때 그것을 바로 알아볼 수 있고 필요하면 가지고 나올 수 있다면, 전자책은 그런 물건들을 따로 골라내 잡화점에 모아 놓은 것이라고 할까? 동일한 물건이라도 그것을 경험하는 우리의 감각은 같을 수 없다.

다른 사람이 남긴 밑줄을 읽을 때 이 차이는 더욱 극명히 드러난다. SNS를 살펴보면 책의 멋진 구절을 인용한 포스트를 자주 보게 된다. 하지만 내가 진짜 좋아하는 건 책을 읽다가 우연히 남이 그은 밑줄을 발견하는 일이다. 그런 경험은 종이책이 아니면 불가능하다. 요즘 대형 중고 서점에서는 밑줄을 너무 많이 그은 책의 매입을 거부한다고 하는데, 나는 헌책방을 구경하다가 순전히 누군가 책에 그은 밑줄이 마음에 들어 책을 구입한 적도 있다….

가끔은 누군가 직접 밑줄 그은 책을 내게 선물하기도 한다. 본인이 읽으며 밑줄을 그었던 책을 주거나, 혹은 나를 생각하며 내가 좋아할 만한 부분에 밑줄을 일부러 그어서 주거나. 어느 경우든 내게는 최고의 선물인 셈이다. 아쉽게도 살면서 몇 번 받아 보지 못했지만.

그러고 보니 얼마 전, 밑줄은 아니어도 '왠지 같이 웃어 줄

것 같은 부분에 표시해 봤다'는 편집자님의 메모와 함께 인덱스 테이프가 붙은 책을 받았다. 영국 작가 애덤 바일스의『소설을 쓸 때 내가 생각하는 것들』(2023)이라는, 여러 작가의 인터뷰를 모아 둔 책이었다. 해당 페이지를 펼치자, 그날 쓰기로 한 인물의 마음속으로 들어가기 위해 어떤 아침 명상을 하느냐는 인터뷰어의 질문에 이어진 자메이카 소설가 말런 제임스의 대답이 기다리고 있었다.

음, 그게… 향을 좀 피운 다음 사탄에게 기도해요.
늘 그렇게 합니다. 저는 글을 쓸 땐 일을 하러 가는
거라고 굳게 믿는 사람이에요. (…) 솔직히 글쓰기에
몰입하다 보면 제가 어떤 하루를 보내고 있는지는
아무 상관도 없거든요. 저는 앉아서 일을 하러 갑니다.
그렇게 그날 일을 마치고 나면, 완전히 지칠 대로
지쳐서 제 비참한 삶에 대해 눈물을 흘리지요.[8]

물론 나는 웃었고, 그건 제임스의 능청스러운 엄살 때문이었지만, 그 구절을 읽으며 나를 떠올린 편집자님의 마음 탓이기도 했다. 그런데 왜 눈물이 나지….

만남의 순간을 표시하는 것이 바로 밑줄이다

이렇게 글을 쓰고 있자니 언젠가 '밑줄 긋기'에 관한 글을 쓴 기억이 떠오른다. 첫 번째 책에 실렸는데, 최소 13년 전에 썼다. 구독 플랫폼에 들어가 그 책의 전자책 버전을 열어 검색해 보니(내가 아무리 밑줄을 좋아한다고 해도 내 책을 다시 읽으며 밑줄을 긋지는 않는다. 그리고 이런 경우에는 전자책의 편의성이 압도적이라는 사실을 인정해야 한다.) 과연 '밑줄 긋기'라는 제목의 글이 있었다.

누구든 책에 밑줄을 긋는 자는 하나의 질문과 대면하게 된다. "왜 하필 그 문장에 밑줄을 그었는가?" 참으로 심플하고도 당연한 질문이지만 막상 답을 하기는 쉽지 않다. 그것은 '왜 살아가느냐/사랑하느냐'에 맞먹을 정도로 한없이 존재론적인 질문이니까. 마음에 들어서? 멋진 문장이라서? 그건 마치 밥을 먹으니까 살고, 예쁘니까 사랑한다는 대답과 비슷하다. 물론 딱 떨어지는 대답이 있을 리 없다. 그렇기에 우리는 끊임없이 책을 읽고 또 밑줄을 긋는다. 자신의 욕망을 마주하며 자신을 발견해 나가는 것이다. 또한 그것은 타인의 세계를 끌어안으려는 마음이기도 하다. 읽어 넘기면 그만인 문장들에 줄을 그어 되새기고, 언젠가 다시 펼쳐 읽겠다는 약속을 하는

연필로 밑줄 긋기의 감각

것이다. 헌책방이나 도서관에서 낯모르는 이의 밑줄을
만났을 때, 그의 마음을 헤아려 보겠다는 다짐을 하는
것이다. 그건 차라리 사랑이 아닐까? 예쁘게 긋지
못하면 어쩌나, 내가 그은 선을 누군가 비웃으면
어쩌나 하는 두려움 따위는 벗어 버린 사랑, 말이다.

— 금정연, 『서서비행: 생계 독서가 금정연 매문기』(2012)[9]

적지 않은 시간이 흐르는 동안 책과 나 사이에 많은 일이
있었다. 당연히 책을 향한 내 마음도, 우리의 관계도 조금은
달라졌다. 심지어 최근에는 종이책 500권 버리기라는 새해
목표를 세우고 거의 달성하기까지 했으니, 과거의 내가 그런
사실을 안다면 욕할지도 모를 일이다. 하지만 이제 나는 안다.
사랑에는 여러 가지 형태가 있고, 책을 버리는 일과 책을 사랑
하는 것은 모순되지 않는다는 사실을. 더욱 깊은 관계를 위해
선 때론 과감한 정리도 필요하다는 사실 정도는 깨달을 나이
가 되어 버린 것이다.

내가 책장에서 책을 꺼내 펼친 때, 그긴 단순히 잭의 내용
을 알기 위해서가 아니다. 그건 과거의 나, 그 책을 쓴 작가, 그
리고 그 책을 함께 읽던 모든 이와의 만남이다. 그리고 그 만
남의 순간을 표시하는 것이 바로 밑줄이다. 작은 연필 선 하나

가 이토록 깊은 의미를 지닐 수 있다니, 생각하면 정말 놀라운 일이다.

숭덩!
단호하게 재단할 용기

딜레마에서 빠져나오는 유일한 해결책은
단호히 결정을 내리는 것밖에 없다.

– V. F. 퍼킨스,『영화로서의 영화』[10]

책에 대한 내 의견은 한결같다. 책이 너무 많다. 사야
할 책도, 읽어야 할 책도, 써야 할 책도 모두….[11]

2023년 출간된 『책에 대하 책에 대한 책』이라는 책에 발표
한 'ISBN은 존재하지 않는다'라는 제목의 원고에서 나는 이
렇게 썼다. 시간은 흘렀지만 여전히 책에 대한 내 의견은 변
하지 않았다. 책장에 꽂힌 책의 숫자만 더 늘어났을 뿐….

이 책을 여기까지 읽은 독자들이라면 내가 2025년을 맞아 '책 500권 버리기'라는 새해 목표를 세웠다는 사실을 이미 알고 있을 것이다. 얼마 지나지 않아 내가 그 목표를 거의 달성했다는 사실도. 실은 이미 초과 달성한 지 오래다. 문제는 아무리 버려도 도무지 티가 나지 않는다는 점이다. 바닷물을 양동이로 퍼내도 티가 나지 않는 것과 마찬가지다.

언제까지나 이렇게 살 수는 없다. 책으로 사방 벽을 쌓은 작업실에 앉아 나는 생각했다. 결정적인 계기는 에어컨이었다. 책과 에어컨이 대체 무슨 관계냐고? 흥미롭게도 에어컨은 원래 책을 위해 발명됐다. 1902년 미국 공학자 윌리스 캐리어는 여름이면 높은 습도 때문에 인쇄소의 종이가 축축해지고 책의 잉크가 번지는 문제를 해결하기 위해 최초의 현대적 냉방장치를 설계했다. 그리고 123년이 지난 지금, 나는 책이냐 에어컨이냐 양자택일의 기로에 선 것이다.

사정은 이렇다. 최근 이사를 하면서 기존 집에 있던 에어컨을 작업실에 달기로 했다. 하지만 벽면을 가득 채운 책장 때문에 에어컨을 설치할 공간이 없었다. 며칠을 고민하다가 결국 전자레인지 장과 행거를 치웠다. 베란다 창문을 반쯤 가리던 책장 하나를 그곳으로 옮겼고, 책장이 있던 자리에는 에어컨을 설치했다. 인간 승리였다. 에어컨 옆으로 또 다른 책꽂이가 딱 붙어 있어서 과연 바람이 제대로 나올지는 모르겠지만….

버릴 수 있는 책은 이미 대부분 버렸다. 남은 책은 크게 세 종류로 내가 좋아하는 책, 아직 읽지 않았지만 언젠가 꼭 읽으리라 마음먹은 책, 아직 읽지 않았고 당분간 읽고 싶은 마음도 없지만 일 때문에 필요할 수도 있는 책이다.

어느 순간부터 나는 책을 버려야 한다는 강박에 빠진 모양이다. 500권이라는 숫자에 집착하며 언젠가 읽겠다고 마음먹은 책 가운데 읽지 않을 것 같은 책을 고르거나, 좋아하는 책 가운데 그나마 덜 좋아하는 책을 억지로 고르는 데 열중했다. 그럴수록 책장은 점점 더 내가 좋아하지도 않고 읽고 싶은 마음도 없는 책들로 채워져 갔다.

이게 바로 딜레마다. 책을 버릴 수도 없고 안 버릴 수도 없는, 문학적으로 말하자면 '캐치-22'☆적인 상황. 한동안 나는 이러지도 못하고 저러지도 못한 채 그저 괴로워했고, 그러는

☆ 미국 작가 조지프 헬러가 제2차 세계대전에 참전한 경험을 바탕으로 쓴 소설의 제목이며, 주인공 요사리안이 '캐치-22'라는 조항 때문에 딜레마를 겪는 상황을 그렸다. 이에 캐치-22는 영미권에서 딜레마, 진퇴양난, 난처한 상황을 의미하는 말이 되었다.

동안 책장의 책은 조금씩 늘어나기만 했다. 나는 스트레스를 받으면 책을 충동구매하는 오랜 습관이 있다….

작두로 책을 잘라야 한다는 사실이 나를 불편하게 만들었다

종이책을 스캔해서 PDF로 만들겠다는 생각이 어쩌다 떠올랐는지 모르겠다. 날씨 탓인가? 어느 순간 그것은 봄날의 아지랑이처럼 머릿속에 피어올랐고, 검색창에 '북스캔(book scan)의 장점과 단점', '셀프 북스캔 후기', '북스캐너 추천' 등의 키워드를 입력해 나온 결과물을 한참 뒤진 끝에, 내가 처한 문제를 해결할 방법은 그것뿐이라고 결론 내렸다.

결국 책과 일과 돈과 인간과 세상 때문에 괴로워하던 어느 날(한마디로 아주 평범한 날), 나는 70만 원이라는 거금을 4개월 무이자 할부로 결제해서 북스캐너와 재단기를 주문하고야 말았다.

새벽에 주문을 막 끝내고 나서는 너무 설레 잠이 오지 않았다. 하지만 다음 날 아침엔 이미 시들해졌고, 막상 택배를 받아 든 마음은 조금 복잡했다. 이게 바로 노련한 충동구매자의 숙명이다. 며칠 동안 상자를 뜯지도 않았다.

겨우 상자를 뜯은 다음에도 그냥 조립만 해서 구석에 놓아 둔 채 며칠을 더 지켜봤다. 마치 사물이 아니라 위험한 동식물을 들이기라도 한 것처럼. 나는 책을 사랑하는 사람인데, 그래야 하는데, 그 사랑이 너무 커서 작두로 책을 잘라야 한다는 사실이 나를 불편하게 만들었다. 퀸이 노래합니다! 너무 많은 사랑은 당신은 죽일 거야(Too Much Love Will Kill You)….

책을 절단하고 삶의 균형을 찾기로

그러다 4월 4일이 되었다. 오전 11시, 나는 긴장해서 침도 제대로 삼키지 못한 채 헌법재판소(이하 헌재)의 윤석열(이제는 '전'(前)을 앞에 붙여야 하는) 대통령 탄핵 심판 선고를 생방송으로 보고 있었다. 사실 책을 500권 넘게 버렸는데도 티가 나지 않은 건 어처구니없는 비상계엄 선포와 지지부진한 탄핵 정국 탓이 컸다. 스트레스받아서 책을 사는데, 책을 사노 스트레스가 해소되지 않으니 계속해서 책을 살 수밖에 없는 악순환이 이어졌다.

국가 전체가 거대한 딜레마 속에 갇힌 석 달이었다. 그렇다고 교착상태로 머무른다면 우리를 기다리는 것은 파국일 테다. 영국 영화 비평가 V. F. 퍼킨스의 말마따나 "딜레마에서 빠져나오는 유일한 해결책은 단호히 결정을 내리는 것밖에 없"고, 헌재는 비록 조금 늦었지만 마침내 결단을 내렸다.

오랜 기다림을 위로라도 하듯 조목조목 탄핵 사유를 밝히고 피청구인의 주장을 하나하나 기각하는 문형배 헌법재판소장 권한대행의 말을 들으며 나는 묘한 감정에 사로잡혔다. 몇 시간 같은 22분이 지나고 마침내 "주문, 피청구인 대통령 윤석열을 파면한다."라는 선고가 나왔을 때 나 역시 단호한 결정을 내리기로 했다. 책을 절단하고 삶의 균형을 찾기로.

재단기에 책을 고정하는 손이 왜 이렇게 떨리는 걸까?

책을 스캔하는 일은 생각보다 더 어려웠다. 케이블을 연결하고. 소프트웨어를 설치하고. 펌웨어를 업데이트하고. 테스트 스캔까지는 일사천리로 진행했다. 하지만 해상도를 높이고, 기울기를 보정하고, 글자의 선명도를 올리는 등의 설정을 조정하는 게 문제였다.

한참을 끙끙대다가 겨우 방법을 찾긴 했는데, 막상 찾고 보니 내가 왜 헤맸는지 이해가 되질 않았다. 아마 둘 중 하나일 텐데, UX(User Experience, 사용자 경험)가 엉망이거나 내가 나이를 먹었거나. 어쩌면 둘 다일 수도 있고….

첫 번째로 스캔한 책은 프랑스 작가 마르셀 에메의 『능청맞은 고양이와 동물농장』(1934)이었다. 별로 읽고 싶은 생각은 없지만 (마감 시한을 몇 년이나 넘긴) 조지 오웰 책을 쓰는 데 혹시라도 도움이 될까 싶어서 버리지 못한 책이다. 만약 망가뜨린다고 해도 아쉬울 것 같지 않았다.

그런데 재단기에 책을 고정하는 손이 왜 이렇게 떨리는 걸까? 오랜 시간을 들여 잘라 낼 최적의 지점을 찾고 심호흡한 다음 손잡이에 힘을 주었다. 숭덩! 200페이지가 넘는 책의 등이 너무나 쉽게 잘렸다. 잘라 낸 책등을 바라보는 기분은 석연치 않았다. 무언가 엄청난 잘못을 저지르고 어른들이 알아채기를 반쯤 체념한 마음으로 기다리던 고등학교 시절로 돌아가기라도 한 듯했다.

어느새 나는 책을 똑바로 자르고 스캔하는 데만 집중했다

잘린 페이지 더미를 적당히 나눈 다음 가지런히 정리해서 스캐너에 넣었다. 위잉, 위잉, 위잉… 빠르게 돌아가는 기계음과 함께 책의 영혼이 디지털로 옮겨 가는 소리가 들렸다. 소요한 시간은 10분 남짓.

인생 첫 북스캔 결과물은 그다지 좋지 않았다. 페이지가 기울어져 가장자리에 검은 선이 생기고 글자는 지저분했다. 그러자 이전까지 느낀 석연찮은 기분은 씻은 듯이 사라졌다. 어떻게 스캔 품질을 높일 수 있을지 옵션을 조정하느라 어설픈 죄책감 같은 건 끼어들 자리가 없었다.

스캐너를 통과한 『능청맞은 고양이와 동물농장』의 낱장들을 그러모아 다시 스캔했다. 이번에는 비교적 깔끔한 결과물을 얻을 수 있었다. 그리고 여세를 몰아 두 번째, 세 번째, 네 번째 책을 작업했다. 그러는 동안 잡념은 사라지고 어느새 나는 책을 똑바로 자르며 스캔하는 데만 집중했다.

상상 속의 스캔은 마법 같았다. 그냥 휙 하면 슥 하고 되는 것이었다. 하지만 현실은 책을 자르고(쉽지 않음), 다시 자르고(더욱 쉽지 않음), 스캐너에 넣고, 종이가 걸리면 빼서 다시 시작하고(페이지가 뒤집어지지 않게 주의해야 한다), 왜곡된 부분을 확인하고(눈이 아프다), 기울기를 맞추고(의외로 집중력이 필요함), OCR☆을 돌리고(오류가 생기면 처음부터 다시 시작해야 한다), 스캐너의 먼

숭덩! 단호하게 재단할 용기

지를 제거하는(귀찮음) 그런 과정의 연속이었다.

막상 그렇게 몸을 움직이고, 정신을 집중하고, 시간을 들여 스캔하다 보니 '스캔하기 전까지는 절대 못 버려!' 하던 책도 쉽게 버릴 수 있었다. 조금 덜 잘라서 제본 본드가 남아 있는데 다시 잘라도 그렇다고? 버려. 표지가 양장본이라 재단기에 넣으려면 먼저 표지를 잡아 뜯어야 하는데 잘 안 뜯긴다고? 버려….

삶이란 계속되는 딜레마와 그에 맞서는 단호한 결정의 연속

이틀 동안 십여 권의 책을 스캔하면서 나는 조금 다른 사람이 됐다. 북스캐너로 책을 디지털화하는 과정이 일종의 의식처럼 느껴지기 시작한 것이다. 책을 골라내고, 정성스레 자르고, 깨끗하게 스캔하고, 파일로 정리하는 이 과정은 단순한 복제가 아니었다. 동물을 해부하는 생물학자나 보석을 세공하는 세공사처럼 심세한 애성이 필요한 작업이다. 그리고 그 과정에서 나는 깨달았다. 모든 책이 스캔할 가치가 있는

☆ 광학문자인식. 이미지의 긴 텍스트를 기계가 읽을 수 있는 텍스트로 변환하는 기술.

건 아니라는 사실을.

특히 스캔할 책을 고르는 과정에서 나는 그 책이 정말로 내게 중요한지를 한번 더 생각했다. 그동안 쌓아만 둔 많은 책이 사실은 그저 소유하고 싶었을 뿐, 내용을 소화하고 싶던 게 아니라는 진실과 마주하기도 했다. '언젠가 읽을 거야.'라는 자기기만과 '혹시 필요할지도 몰라.'라는 변명이 70만 원짜리 기계 앞에서 무너지는 순간이었다.

물론 이런 깨달음이 내 책 문제를 근본적으로 해결해 주진 않는다. 어제도 나는 또 책을 샀다. 그러나 적어도 공간이 허락하는 한, 내게 정말 중요한 책들만 책장에 꽂아 두겠다는 결심은 할 수 있었다. 북스캐너는 어쩌면 돈 주고 산 결정의 힘, 또는 결정의 대리인 같은 것인지도 모른다.

그런데 지난번 글에서 찬양하던 '밑줄 긋기'는 어떻게 할 거냐고? 그래서 종이에 필기하는 질감을 거의 재현했다고 평가받는 10.3인치 대형 전자책 리더기를 장바구니에 넣어 놨다. 이렇게 또 하나의 단호한 결정을 내렸다. 삶이란 계속되는 딜레마와 그에 맞서는 단호한 결정의 연속이라는 사실을 다시 한번 절감했다.

우리 2000년에
만나자

Let's all meet up in the year 2000, won't it be
strange when we're all fully grown?(우리 2000년에
만나자, 모두 어른이 되어 만나면 정말 이상하지 않겠어?)

– 펄프, 〈Disco 2000〉

노래는 약속이다. 눈부신 미래가 기다릴 거라는 약속, 어떤
슬픔도 영원하지는 않을 거라는 약속, 어떤 위로조차 소용없
는 고통 속에 머무를 때라도 우리를 이해하는 노래는 함께
있을 거라는 약속.

물론 약속은 깨지라고 있는 것이다. 노래가 하는 약속 또
한 마찬가지다. 1995년 발표한 〈Disco 2000〉에서 영국 록밴
드 펄프의 자비스 코커가 노래한 "2000년에 만나자"는 가

사—짝사랑하던 데버라는 이미 결혼했고 아이까지 있지만 그래도 괜찮다던 그 애틋한 약속—도 날짜가 지나 버린 기차표처럼 빛바랜 채, 우주적인 규모로 쌓인 지켜지지 못한 약속의 더미 속에서 시간과 함께 조금씩 잊혀 가고 있었다.

2025년 8월 2일이 되기 전까지는 그랬다는 말이다.

오픈런을 하지 않기를 잘했다는 생각이 새삼 들었다

13년 만의 록페스티벌이었다. 강산도 변하는 시간, 같은 소리를 늘어놓을 생각은 없다. 그동안 나는 결혼했고, 아이가 태어났고, 낮잠을 자지 않겠다고 울며 떼를 쓰던 아이는 그 친구가 왜 그렇게 좋냐는 질문에 "운명이랄까?"라고 대답하는 초등학생이 되었다. 내게 그것은 나를 둘러싼 세계 전체가 변하는 일이었다, 강산 같은 게 아니라.

당연히 록페스티벌에 임하는 마음가짐도 달라졌다. 예전에는 가방도 거추장스러워서 주머니에 카드와 현금과 휴대전화만 넣고 갔다면, 이제는 커다란 백팩에 그라운드체어 (2개), 농부 모자와 팔토시(2세트), 쿨티슈(6개), 선스틱, 돗자리, 양산(2개), 보조 배터리와 전날 미리 사서 얼려 둔 생수(6개)가

우리 2000년에 만나자

든 보랭 백까지 그야말로 한 짐이었다. 심지어 아내와 나는 아침 10시 30분에 '오픈런'을 하겠다는 계획까지 세워 둔 터였다. 솔직히 그렇게까지 해야 하나 하는 생각이 들지 않은 건 아니지만, 아내는 그렇게까지 해야 돗자리 펼 자리를 확보한다나 뭐라나.

아무리 시간이 흐른다고 해도 변하지 않는 건 있다. 바로 우리 내면의 어떤—대개는 고쳤으면 싶은—부분이다. 나름대로 빨리 준비한다고 했지만, 오후 12시 30분이 되어서야 겨우 집을 나설 수 있었다. 경기 고양시 일산에서 인천광역시 송도까지는 대중교통으로 2시간 40분. 계획과 달리 오후 늦게 도착하게 되었다는 사실보다, 그 시간 동안 버스와 지하철(3번 환승)을 타다 보면 체력이 바닥날 거라는 게 더 문제였다.

택시를 타면 한 시간 거리. 하지만 5만 원 넘는 요금이 우리를 망설이게 했다. 나는 『아무튼, 택시』(2018)의 저자. 한때 하루에 다섯 번 택시를 타고, 일본에서는 한 번에 15만 원을 택시비로 쓰기도 했지만, 앞에도 썼듯이 내게는 작은 징크스가 하나 있었다. 어떤 주제의 책을 쓰고 나면 그것과 멀어진다는 점. 실제로 2018년 그 책이 나온 뒤 나는 전보다 택시를 훨씬 덜 탔다.

하지만 동시에 나는 타협의 왕이기도 했다. 내 인생에 절대 없는 게 하나 있다면 그것은 바로 '절대'라는 단어. 그래서 생각해 낸 절충안이, 계산역까지 택시를 타고 가서 인천 1호선을 탄 뒤 송도달빛축제공원역에 환승 없이 쭉 가는 방법이다. 천잰데? 나는 생각했지만 아내에게 그런 말을 해 봤자 좋은 소리를 듣지 못할 게 뻔하므로, 혼자 조용히 웃으며 택시가 오기를 기다렸다. 잠깐 서 있는 것만으로 온몸이 녹아내리는 듯했다. 오픈런을 하지 않기를(의도한 건 아니지만) 잘했다는 생각이 새삼 들었다. 이 땡볕에 10시 30분부터 가야 하는 곳이 있다면 그곳은 록페스티벌이 아니라 지옥일 테다….

어쩐지 오늘은 록 신의 가호가
우리에게 존재하는 것 같았다

도착했을 때는 이미 축제가 한창이었다. 타임 테이블을 보니 아도이(ADOY)가 공연 중이었다. 한참 LP를 모을 때 '젊은 사람들'이 좋아하는 밴드라고 해서 앨범 재킷만 본 기억이 있는 팀이었다. 심지어 한국 밴드인지 일본 밴드인지도 몰랐는데 "오늘 한번 신나게 놀아 봅시다!"라는 멘트가 들렸다. 한국인이 아니라곤 믿을 수 없는 억양.

입구부터 한참을 걸어 티켓 부스에 들러 팔찌를 수령하고 소지품 검사까지 받은 뒤에야 입장할 수 있었다. 들어가자마자 길게 늘어선 음식 부스와 커다란 가림막 아래 빼곡히 놓인 플라스틱 테이블과 의자가 보였다. 과거 록페스티벌이 열리던 경인아라뱃길이나 지산리조트에 비해 훨씬 협소한 공간에 가득한 사람들을 보니 숨이 막히는 것 같았다. 이건 내가 알던 '락페'가 아니야, 하는 '라떼' 같은 생각이 절로 들었다.

잔디밭은 여름의 태양을 반사하며 밝게 빛나는 형형색색의 돗자리로 가득했다. 솔직히 그때까지 나는 한두 자리는 있을 거라고 생각했다. 주차장이 그런 것처럼, 돌다 보면 빈자리가 분명히 보일 거라고. 하지만 아니었다. '그렇게까지' 해야 한다는 아내의 말이 옳았다. 디스 이즈 코리아….

우리는 돗자리를 깔러 온 것이 아니다, 록페스티벌을, 그리고 펄프를 보러 온 것이다, 라는 말로 속상해하는 아내를 달래며 공식 스폰서인 KB에서 운영하는 라운지에 사리를 예약하기 위해 긴 줄을 섰다. 다행히 자리가 있었다. 오후 8시부터 9시까지 한 시간 동안의 자리를 예약한 우리는 비로소 조금 안심했다. 이게 '락페'냐고? 그렇다, 그리고 우리는 중년이다.

　공원을 한 바퀴 돌다가 뒤쪽 후미진 잔디밭에 돗자리를 펼쳤다. 무대가 보이지 않는 곳이었는데도 다닥다닥 붙은 돗자리들 틈에 겨우 자리를 마련했다. 작은 나무들이 적당히 햇빛을 가려 줘서 오히려 앞쪽 구역보다 낫다는 생각도 들었다. 멀리 서브 스테이지에서 소음발광(록밴드 이름이다.)의 노래가 들렸는데, 뙤약볕 아래 서서 공연을 볼 마음은 조금도 들지 않았다.

　점심도 해결할 겸, 벌써 50퍼센트밖에 남지 않은 휴대전화도 충전할 겸 공원 밖으로 나섰다. 송도는 커다란 신축 건물들이 늘어선 전형적인 신도시지만, 막상 갈 만한 곳은 많지 않았다. 하나뿐인 식당은 휴식 시간, 분식집은 자리가 없었다. 커피숍도 마찬가지. 다행히 롯데리아에 밖에서 보이지 않는 구석 사각지대 작은 테이블이 빈 것을 발견했다. 옆에는 콘센트까지 있었다. 어쩐지 오늘은 록 신의 가호가 우리에게 존재하는 것 같았다.

　시원한 에어컨을 맞으며 햄버거를 먹으니 천국이 따로 없었다. 이곳이 천국이라면, 정말 그렇다면, 왜 우리는 가깝고 저렴한 천국을 두고 멀리까지 와서 이 고생을 하는가, 하는 불경한 생각이 삐죽 튀어나오려고 해서 나는 얼른 고개를 저었다.

우리 2000년에 만나자

어느덧 우리는 이제 개념을 즐기는 나이가 된 것이다

재욱이 도착한 건 오후 5시쯤이었다. 내가 갔던 모든 록페스티벌을 함께한 친구다. 예전만큼 자주 보지는 못해도 계절에 두어 번은 만나는 사이. 하지만 13년 만에 록페스티벌에서 만나는 느낌은 또 달랐다. 중년이 된 우리는 가벼운 인사를 나눈 다음 곧바로 음악을 즐기러 가지는 않고, 후미진 곳에 깔아 둔 돗자리로 갔다. 재욱의 짐을 내려놓아야 하니까. 짐만 놓고 다시 일어선다거나 하지는 않았지만. 대신 우리는 닭강정과 맥주를 먹기 시작했다.

"록페스티벌에 와서 이렇게 앉아 이야기나 나누는 게… 좋은데? 꼭 캠핑 같고."

재욱의 말에 아내가 물었다.

"캠핑 좋아해?"

"음, 좋아하는 편이지?"

"오, 캠핑 자주 가고 그래?"

"자주 간다기보다는… 개념으로서의 캠핑을 좋아한다고 할까. 좋잖아, 캠핑이라는 개념…"

나는 그 말이 너무 정확해서 웃을 수밖에 없었다. 어느덧 우리는 이제 개념을 즐기는 나이가 된 것이다. 실제 캠핑이 아니라 캠핑의 개념을, 록페스티벌이 아니라 록페스티벌의 개념을.

어느새 글렌체크(Glen Check)의 공연이 끝나고 일본 가수 가네코 아야노의 차례도 끝났다. 다음으로 무대에 오른 밴드는 혁오와 타이완 밴드 선셋롤러코스터(Sunset Rollercoaster)였다. 아직 해가 지기엔 조금 이른 시간이었지만, 조금씩 시원한 바람이 불어왔다. 고층에 자리한 고급 식당⋯에서 지는 노을을 바라보면서 듣거나 크루즈 여행⋯을 하면서 들으면 좋을 것 같은 노래들이었다. 공연 막바지에 혁오가 〈TOMBOY〉(2017)를 부를 때는 달려가서 보기도 했다. 사람들이 다 같이 흔들거리는 모습이 마치 바다의 해초 같았다.

정말 이상하고 좋은 밤이었다

오후 8시가 되어 예약해 둔 라운지 테이블에 앉아 저녁을 먹으며 펄프의 시간이 시작되기를 기다렸다. 멀리 서브 스테이지에서 때리고 부수는 메써드(Method)의 공연을 가만히 앉아서 보다가, 갑자기 재욱이 말했다.

"나는 〈Disco 2000〉까지만 듣고 갈 거야."

우리 2000년에 만나자

“왜?”

“인기곡이니까 두 번째 정도에 할 거 아냐. 그때는 아직 나가는 사람이 적을 테니 편하게 갈 수 있지. 그것까지 듣고, 어차피 나머지는 집에 가서 유튜브로 공연 영상 찾아보고 하면 나중에 머릿속에서 기억이 재조합돼서 실제로 본 거나 다름없게 돼.”

제법 그럴듯한 말이라고 생각했는데, 대형 화면에서 메시지가 나오기 시작했다.

안녕하세요.

오늘 밤은 여러분의 평생 기억에 남을 밤이 될 거예요.

지금 여러분은 펄프의 572번째 공연을 보시게 될 거예요.

(이하 생략)

그리고 곧바로 무대에 빛이 들어오며 〈Sorted For E’s and Wizz〉(1995)가 시작되었다. 무언가 벅차오르는 동시에 도무지 현실감이 느껴지지 않는 기분. 그렇게 멍한 상태로 숨도 제대로 쉬지 못하고 첫 번째 노래를 들었다. 그리고 곧바로 〈Disco 2000〉의 익숙한 인트로가 시작되었다. 우리는 누가 먼저랄

것도 없이 자리를 박차고 앞으로 달려 나갔다. 그렇게 오늘, 2000년으로부터 25년이 지나서야, 어른이 되어 만나자는 오래된 약속이 마침내 이루어졌다.

이상하지 않냐고? 그래, 이상했다. 이렇게 이상했던 게 언제였는지 모를 만큼, 정말 이상하고 좋은 밤이었다.

우리 2000년에 만나자

그렇게 가는
삶

> 이 책은 스스로에게 주는 쉰한 번째 생일 선물이다.
> 마치 지붕의 등뼈 부분을 건너가고 있는 듯한
> 기분이다—한쪽 경사면을 오른 후.
>
> – 커트 보니것, 『챔피언들의 아침 식사』[12]

나이를 먹으면 사는 게 조금은 쉬워질 줄 알았다. '1만 시간의 법칙'이라는 것도 있지 않나. 1만 시간 노력한다면 해당 분야의 전문가가 될 수 있다는 이론 말이다.

지난 화요일에 나는 마흔네 살이 되었다. 44년은 16,060일이고, 16,060일은 385,440시간이다. 1만 시간을 38번 넘게 살아온 것이다. 그렇지만 나는 삶은커녕 어떤 분야의 전문가도 되지 못했다. 물론 이렇게 말할 수는 있다. 나는 다만 어떤 전문가도 되지 않는 법의 전문가가 되었을 뿐이라고. 어쩐지 '모든 크레타인은 거짓말쟁이다.'와 나란히 논리학 교과서에 실려야 할 듯한 문장이다.

어쩌면 '노력'이 문제인지도 모른다. 살아오며 나는 실로 다양한 노력을 했지만, 1만 시간 이상 노력을 기울인 분야를 묻는다면 딱히 떠오르는 건 없다. 굳이 꼽자면 '어떤 일이든 지나치게 노력하지 않으려는 지나친 노력' 정도일까? 여기 논리학 교과서 추가요….

어린 시절 내 롤모델은 영화 〈어바웃 어 보이〉(2002)의 쿨한 삼촌 '윌'(휴 그랜트 분)이었다. 그는 일도 하지 않고 모든 것과 거리를 둔 채 유유자적 살아가는데, 돌아가신 아버지가 남긴 어마어마한 저작권(〈산타의 슈퍼 썰매〉라는 곡이다.) 수입 덕분이다. '노력하지 않기' 분야의 금수저인 셈이다. 하지만 이런 윌도 노력하고야 마는 순간이 있었으니—어느 순간 그의 삶에 들어온 '마커스'(니컬러스 홀트 분)라는 괴상한 꼬맹이 때문이었다.

마커스는 윌에게 학교 장기자랑에 참가해 로버타 플랙의 노래 〈Killing Me Softly with His Song〉(그의 노래가 나를 부드럽게 죽이네, 1973)을 리코더로 연주하겠다고 선언한다. 우울증에 걸린 엄마를 위해서다. 윌은 그런 행동이 사회적 자살행위나 다름없다는 사실을 알지만, 끝내 마커스를 설득하지는 못한다.

떨리는 음정으로 리코더를 연주하는 마커스. 테스토스테론으로 중무장한 사춘기 중학생들이 그 모습을 가만히 두고 볼 리 없다. 야유와 조롱이 쏟아지고 마커스의 학교생활은 거기서 끝나는 듯 보인다. 그때 윌이 전기기타를 들고 무대에 오른다. 조용해지는 학생들. 윌은 뛰어나다고 말할 수 없는(당연하다. 노력하지 않았으므로.) 기타 연주와 노래 솜씨로 마커스를 구한다. 비록 지나치게 몰입해서 눈까지 감은 채 고음 부분을 부르다 누군가 던진 운동화에 얼굴을 얻어맞긴 하지만.

'노력하지 않기' 분야의 세계 챔피언은 미국 작가 찰스 부코스키다. 소설 『팩토텀』(1975)에서 하는 일이 뭐냐는 질문에 그는 자신을 꼭 닮은 주인공의 입을 빌려 이렇게 답한다.

"아무 일도 안 하고 술이나 마십니다. 그 두 가지 일을 하죠."**13**

평생 너무 많은 술을 마신 그는 젊은 나이에 이미 의사에게 그러다 죽는다는 경고를 여러 번 듣기도 했다. 하지만 73세까지 살았고, 백혈병에 걸려 세상을 떠났다.

부코스키의 묘비에는 이런 문구가 적혔다.

“Don't Try.”(애쓰지 마라.)

그는 애썼다

나이를 먹으며 우리는 과거에 알던 것을 잊어버리고, 과거에 모르던 것을 새롭게 알게 된다. 잊어서 좋은 것만 잊고, 알아서 좋은 것만 알게 된다면 좋겠지만, 인생은 그런 식으로 움직이지 않는다. 그리고 이것은 알아서 좋을 게 없는 일이다. 알아 봤자 달라지는 바는 별로 없고 기분만 나쁘기 때문이다. 때로는 소름이 돋을 정도로.

그게 내가 마흔네 번째 생일 아침에 비명을 지르며 잠에서 깬 이유다. 그리고 22년 만에 미국 작가 커트 보니것의 『챔피언들의 아침 식사』를 펼친 이유이기도 하다. (최초 출간 연도는 1973년이고, 내가 가진 책은 2001년 구판 번역본 『챔피온들의 아침 식사』다. 여기선 2025년 재출간한 책의 제목으로 기재하겠다.)

보니것은 서문에서 이 책이 자기 자신에게 주는 쉰한 번째 생일 선물이라고 말한다. 하지만 이 책을 다시 읽는 것이 내가 나에게 주는 마흔네 번째 생일 선물은 아니다. 보니것을 따라 말하자면, 내가 마흔네 번째 생일 아침에 비명을 지르며 깨어나 이 책을 펼치도록 프로그래밍이 되어 있었기 때문이다.

『챔피언들의 아침 식사』를 처음 읽었을 때 나는 부산광역시 금정구에 위치한 금정경찰서에서 군복무를 하던 스물둘의 청년이었다. 그때 나는 생각했다. ‘쉰하나라니… 이렇게 늙은 사람이 쓴 소설을 좋아해도 되나?’

마흔넷이 된 나는 같은 문장을 읽으며 이렇게 생각한다. ‘쉰하나라니… 이제 형이라고 불러야 하나?’

소설은 이런 내용이다. 뉴욕에 사는 무명 SF 작가 킬고어 트라우트(보니것의 최악의 분신이다.)가 이상한 우여곡절을 거쳐 미들랜드시티에서 열리는 예술제에 초청을 받는다. 미들랜드에는 부유한 자동차 딜러이자 아내를 잃고 외로운 삶을 사는 드웨인 후버가 있다. 최근 그의 정신은 조금씩 이상해지고 있다.

드웨인은 우연히 킬고어가 쓴 소설을 읽는다. 조물주가 보내는 편지 형식으로 된 소설인데 편지의 수신인은 지상에서 자유의지를 지닌 유일한 인간으로, 조물주는 다른 모든 존재가 그를 위해 만들어진 기계라고 말한다. 한마디로, 책을 펴는 사람들을 붙잡으며 “이봐—있잖아. 이 세상에 자유의지를 지닌 피조물은 당신뿐이야. 기분이 어때?”라고 말을 거는 소설이다—마치 스팸 메일처럼.

하지만 드웨인은 그게 자기 이야기라고 철석같이 믿어 버린다. 히치하이킹으로 겨우 미들랜드에 도착한 킬고어와 마침내 마주친 순간, 완전히 '맛이 가서' 난동을 부리던 드웨인은 킬고어의 손가락 한 마디를 물어뜯고 정신병원에 갇힌다….

나 역시 이 소설의 어떤 부분을 읽으며 내 이야기는 아닌지 살짝 의심하는 순간이 있었다. 바로 여기에서다.

미들랜드 예술제 초대장을 받은 킬고어는 질 나쁜 장난이거나 착오일 거라 생각하고 치워 버리려 한다. 그러나 호기심을 이기지 못한 그는 자신의 유일한 친구인 앵무새 '빌'에게 이렇게 말한다.

> "빌, 빌—들어 봐. 나는 새장을 떠나지만 다시
> 돌아올 거야. 거기 가서 지금껏 아트페스티벌에서
> 누구도 보지 못했던 것을 보여 줄 작정이야. 바로
> 진리와 미를 찾는 데 평생을 바쳤으나 땡전 한 푼
> 얻지 못한 수많은 예술가들의 상징 말이야!"[14]

킬고어는 빌을 주인집에 맡기고 초청비로 받은 돈을 팬티

안쪽에 핀으로 꽂은 채, 히치하이킹해서 미들랜드로 향한다. 그는 자기 비석에 적히기를 원하는 말을 그곳에 모인 사람들에게 들려줄 작정이었다. 바로 이런 말이다.

"He Tried."(그는 애썼다.)

그렇게 가는 거지

이탈리아 작가 단테 알리기에리가 쓴 서사시 『신곡』(1472)의 「지옥」편은 다음과 같은 문장으로 시작한다.

우리 삶의 노정 중간에서 나는 올바른 길을
잃고 어두운 숲을 헤매고 있었다.

몇 해 전부터 나는 이전과 다른 삶을 살겠노라 결심했다. 그것은 노력하는 삶, 혹은 노력하지 않기 위한 노력을 그만두는 삶이었다. 내게는 아이가 있고, 부모가 물려준 저작권 수입 같은 건 없었다. 그대로 살 순 없는 일이었다.

인생을 대하는 태도를 바꿔 보려 애썼고, 마음이 따라 주

지 않을 때는 루틴을 통해 극복하고자 했다—어떤 상황에서
든 프로토콜에 따라 주어진 일을 해내는 기계처럼. 한동안 효
과가 있는 것처럼 보였다.

하지만 어느 순간 나는, 서른다섯 살의 단테가 그러했듯,
올바른 길을 잃고 어두운 숲을 헤매는 스스로를 발견했다. 이
전의 삶을 살아온 시간은 너무 길고, 새로운 삶을 위한 노력은
아직 1만 시간을 채우지 못했기 때문일까? 물론 전부 변명일
뿐이다.

그런 날들이었다. 평범한 중년의 위기. 그때 커트 보니것
의 말은 내게 이상한 위안을 주었다.

> 모든 게 필요한 것이었다. 그는 쓰레기통을
> 뒤적거리는 백인 노파를 보았다. 필요한 것이었다.
> 그는 욕조에 있어야 할 장난감 고무 오리가
> 빗물 배수구의 쇠창살 위에 모로 누워 있는
> 것을 보았다. 그것은 거기 있어야만 했다.[15]

찰스 부코스키의 "애쓰지 마라"도, 보니것의 "그는 애썼
다"도 내 묘비명은 아니지만, 그 시기의 내게는 꼭 있어야 할
말들이었다. 그리고 지붕의 경사진 면을 다 올라간 뒤 뼈대 부

그렇게 가는 삶

분을 가로지르는 지금, 내겐 새로운 말이 필요하다. 비록 아직 찾진 못했지만, 곧 찾을 것이다―그것은 거기 있어야만 하는 것이므로. 그렇게 생각하니 조금은 마음이 편해졌다.

생일 다음 날 아침, 나는 비명을 지르지 않고 일어났다. 스포티파이를 열자 나를 위한 '수요일 오전의 플레이리스트'가 기다리고 있었다. 거기에는 이런 곡들이, 이런 순서로 나열됐다.

All Apologies(다 미안해, 1993) – **너바나**

The Day I Tried to Live(내가 살려고 노력한 날, 1994) – **사운드가든**

No Excuses(변명은 필요 없어, 1994) – **앨리스인체인스**

보니것이라면 이런 상황에서 아마 이렇게 말하지 않았을까?

"그렇게 가는 거지."(So it goes.)

LG 트윈스 같은
세상

> 일종의 되먹임 고리가 작동하고 있었다. 세상의 혼란은 나 자신의
> 주관적 상태에 반영되었고, 어느 한쪽을 인식하면 다른 쪽도
> 덩달아 심각해지는 양상을 띠었다. 중요한 모든 것이 전면적인
> 붕괴 직전에 와 있는 것처럼 보였다. 내 정신도, 내 삶도, 세계도.
>
> – 마크 오코널, 『종말을 준비하는 사람들』[16]

그래, 일종의 되먹임 고리가 있다. 세상의 혼란이 나 자신의 주관적 상태에 반영되고, 나의 주관적 상태가 다시 세상에 투영되는 어지러운 왕복운동.

아일랜드의 저널리스트이자 한 아이의 아빠인 마크 오코널에게 '세상'은 말 그대로 세상이었다. 나날이 악화하는 환경 오염, 기후 위기, 빈부 격차, 기술의 위협 같은 것들.

한국의 서평가이자 역시 한 아이의 아빠인 나의 경우에 한동안 '세상'은, 말하긴 조금 부끄럽지만, LG 트윈스라는 이름의 한 야구 팀이었다.

이 비루한 사실을 인정하는 순간, 나는 지난 일주일 동안 내가 겪은 총체적인 불안감이 단순히 잠이 부족해서도 아니고 찬바람이 불어서도 아니라는 사실을 깨달았다. 일이 많아서도 아니고 돈이 없어서도 아니다(물론 그것도 맞지만…). 2025 프로야구 정규 리그 우승이라는 밥상을 눈앞에 놓고도 먹지 못하는 나의 팀 때문이다.

고작 그런 이유라고? 지구는 매일 조금씩 더워지고, 세상의 절반은 굶주리고, 정치와 경제 모두에서 양극화가 극단으로 치닫고, 챗GPT는 인류의 지성을 위협하는데?

야구 팬이란 그런 존재다. 응원하는 팀의 성적과 자신의 인생을 동일시하고, 그날그날의 경기 결과에 따라 감정이 오르락내리락한다. 팀이 무너지면 내 인생도 무너지는 것 같고, 팀이 잘나가면 덩달아 뭐라도 된 듯 착각에 빠지기도 한다. 물론 꼴불견이다.

그렇다, 무언가를 사랑하는 일은 때론(실은 자주) 남들 눈엔 꼴불견으로 보이게 마련이다. 하지만 가끔 그 꼴불견이 무너져 가는 세상 속에서 우리를 붙잡는 힘이 되어 주기도 한다. 너무 심하지만 않다면.

이건 일상의 붕괴이자 내 정신의 붕괴이기도 했다

9월 24일 수요일, 오후에 동료와 함께 드라마 극본 회의를 했다. 지난 일 년 동안 우리는 아이템을 몇 번 엎었으며 이번엔 감이 좋다고, 뭔가 될 것 같다고 스스로를 설득했지만 어김없이 벽에 부딪혔고, 슬슬 불안해지던 참이었다. 그런데 이날은 달랐다. 막힌 혈이 뚫린 기분이랄까. 이대로 계속해서 나아갈 수 있겠다는 확신이 들었다.

회의가 끝나고 기분 좋게 야구를 틀었다. 긴 시즌도 어느덧 막바지였다. 압도적인 1위로 시즌을 시작했다가 무더위와 함께 치고 올라온 한화 이글스에 밀려 5.5게임 차 2위로 전반기를 마감했지만, 후반기 기적 같은 8할 승률로 다시금 1위로 복귀한 LG 트윈스다. 남은 경기는 여섯 경기, 한화 이글스와의 승차는 2.5게임.

일반적인 시즌이라면 우승이 거의 확정됐다고 볼 수 있겠지만, 주말에 한화 이글스와의 마지막 3연전이 예정되어 결과는 몰랐다. 오늘과 내일 NC 다이노스와의 경기 결과에 따라 승차가 1게임으로 좁혀질 수도, 4게임으로 벌어질 수도 있는 상황. 최대한 달아날 필요가 있었다.

초반부터 타격이 터지며 여유 있게 앞서 나갈 때만 해도 '됐다' 싶었다. 그런데 6회 말, 상황이 슬슬 꼬이기 시작했다. 2사 1루 상황에서 올라온 이정용이 2루타를 맞고 내려갔다. 이어 올라온 함덕주가 볼넷을 내줘 2사 만루가 된 상황에서 두 타자 연속 밀어내기 볼넷을 선보였다. 5 대 5 동점. 투수가 백승현으로 바뀌었지만 다시 볼넷(5 대 6)과 몸에 맞는 볼(5 대 7)을 던졌고, 다음 투수인 이지강이 또다시 볼넷(5 대 8)과 몸에 맞는 볼(5 대 9)를 내주며 대거 6실점. 세 명의 투수가 아웃카운트 하나를 잡지 못하고 7연속 사사구(볼넷과 몸에 맞는 볼을 합쳐 부르는 말)와 6연속 밀어내기 실점이라는 KBO 역대 최초의 기록을 세운 것이다.

이건 야구가 아니었다. 어떤 종류의 붕괴였다. 말하자면 이건 일상의 붕괴이자 내 정신의 붕괴이기도 했다.

그 순간 낮에 한 회의에서 느낀 기분 좋은 감각은 사라지고, 대신 의구심이 피어올랐다. 막힌 혈이 뚫렸다고 생각했지만 그건 착시가 아니었을까? 새로운 길을 찾았다고 믿었지만 결국 그것도 막다른 길은 아닐까? 영영 드라마를 완성하지 못하면 어떡하지?

솔직히 모르겠다, 잠이 오지 않는다

목요일, 오전에 아내와 함께 병원에 갔다. 아내의 건강검진 결과에서 재검사가 필요한 부분이 있었기 때문이다. 아내에겐 별것 아니라고, 괜찮을 거라고 말했지만 입이 바싹 마르는 듯했다. 세 시간 넘게 기다린 끝에 '일단 걱정할 만한 건 아닌데, 6개월 뒤에 추적 검사를 하자'는 애매한 말만 들었다. 다행이지만, 영 개운하지는 않은 기분.

　저녁엔 LG 트윈스가 롯데 자이언츠를 11 대 1로 대파했고, 한화 이글스는 두산 베어스에 0 대 7로 패했다. 승차가 다시 3게임으로 벌어졌다. 사실상 맞대결에서 스윕(싹쓸이) 패만 당하지 않는다면 우승 확률은 99퍼센트. 그러자 걱정할 건 아무것도 없는 듯했고, 아내와 나는 기분 좋게 여행 가방을 쌌다. LG 트윈스가 대전으로 원정을 떠나는 동안, 우리는 부산국제록페스티벌에 간다.

LG 트윈스 같은 세상

금요일, 우리는 애쉬아일랜드와 넬과 스웨이드를 봤고 LG 트윈스는 졌다. 토요일, 우리는 짙은과 오존×카더가든과 스매싱 펌킨스를 봤으며 LG 트윈스는 이겼다. 이제 매직넘버는 1. 남은 세 경기 가운데 한 번만 이기면, 혹은 한화 이글스가 남은 네 경기 가운데 한 경기만 패하면 우승이었다. 부산은 생각한 것보다 조금 더웠고, 숙소에서 공연장까지 가는 길은 멀고 험했으며, 몇 번의 시행착오와 약간의 짜증이 있었지만, 결국 즐거운 여행이었다. 일요일 경기는 비로 취소됐고, 우리는 집으로 돌아왔다.

월요일, 오전에 아내와 조금 다퉜다. 아이를 클라이밍장에 데려다주는데, 무엇 때문인지 차에서 음악이 나오지 않았다. 저녁에는 아이가 숙제를 안 해서 아내에게 혼났다. 아이가 엄마에게 울며 소리쳤다. "엄마 싫어! 이제 엄마랑 뽀뽀도 안 하고, 안아 주지도 않을 거야!" 어제 취소된 경기를 치른 우리 팀은 7 대 3으로 패배했다. 이제 LG 트윈스가 남은 두 경기 가운데 한 경기를 이기거나, 한화가 남은 세 경기 가운데 한 경기를 져야 하는 상황. 수학적으로 따지자면 우리가 우승할 확률이 여전히 70퍼센트를 넘는다고 해도 솔직히 모르겠다.

잠이 오지 않는다.

화요일, 드라마 회의를 하는데 머리가 무거웠다. 통 집중이 되질 않았다. 동료의 활약으로 진도가 쭉쭉 나가기는 했지만, 터놓고 말하면 우리가 지금 제대로 가는지 아닌지도 판단할 수 없었다. 직장에서 받는 스트레스와 빈약한 통장 잔고, 보이지 않는 미래를 두고 아내와 그리 화기애애하지만은 않은 이야기를 나눴다. 나는 주로 듣기만 했다.

　LG 트윈스는 두산 베어스에 6 대 0으로 완패. 한화 이글스는 롯데 자이언츠와 연장전 끝에 10회 말, 상대의 에러와 애매한 수비가 겹쳐 1 대 0 신승을 거뒀다. 이제 LG 트윈스가 남은 한 경기를 이기거나 한화 이글스가 남은 두 경기에서 한 번이라도 지기를 바라야 하는 상황이 됐다. 한화 이글스는 질 것 같지 않으니 LG 트윈스가 이겨야 하는데, 이길 수 있을까? 바로 일주일 전에 KBO 연속 사사구와 밀어내기 실점 신기록을 세운 NC 다이노스가 상대인데? 내일이 세계의 종말이라도 한 그루의 사과나무를 심겠다던 네덜란드 철학자 바뤼흐 스피노자를 본받아, 나는 새벽 네 시까지 인터넷을 뒤지며 드라마 작업을 위해 회의 공간에 설치할 미니 PC를 검색했다. 뭐라도 사야 내가 살 수 있을 것 같아서.

LG 트윈스 우승!

그리고 오늘이다. 어제 아침의 내가 파김치였다면, 오늘 아침의 나는 푹 익은 파김치였다. 오전에 동료와 온라인으로 회의하고 리클라이너에 앉아 기절하듯 잠들었다.《고교독서평설》원고를 써야 하는데, 내일 있을 워크숍 준비도 해야 하는데, 근데 드라마는, 내 인생은 어떡하지… 생각하면서.

눈을 뜨니 오후 5시였다. 원고를 쓰려고 책상 앞에 앉았지만 도무지 쓸 말이 없었다. 아무리 그래도 고등학생들이 보는 잡지인데 미래는 없고 우리는 다 끝났다고 쓸 순 없잖아?

나는 짐을 챙겨서 작업실을 나왔다. 앉아서 시간이나 죽이는 것보다는 몸을 움직이는 편이 나았다. 서점에 가서 마크 오코널의 『종말을 준비하는 사람들』(2020)과 미국의 목수 마크 엘리슨의 『완벽에 관하여』(2023)를 두고 고민하다가 『종말을 준비하는 사람들』을 골랐다. 그러는 내내 귀로는 야구 중계를 들었다. 4 대 1로 LG 트윈스가 지고 있었다. 나는 지하철이 오기를 기다리며 이어폰을 빼고, 대신 책을 펼쳤다. 일종의 도

피라고 할까? 그보다는 자연스러운 생존 본능에 더 가까운 것 같지만.

그런데 이상한 일이 벌어졌다. 나는 분명『종말을 준비하는 사람들』을 샀다고 생각했는데, 눈앞에 있는 책은『완벽에 관하여』였다. 혹시나 싶어 가방을 뒤졌지만, 당연히『종말을 준비하는 사람들』은 없었다. 귀신에 홀린 기분이었다. 나는 천천히 책을 넣고, 피할 수 없는 운명을 결국 받아들이는 자의 초연함으로, 다시 이어폰을 귀에 꽂았다. 그리고 어느새 7 대 1로 벌어진 LG 트윈스의 마지막 경기 대신 한화 이글스와 SSG 랜더스의 경기를 봤다. 내심 SSG 랜더스가 이겨 주기를 기대하지 않은 것은 아니었다. 하지만 2 대 1로 이기던 SSG 랜더스는 7회에 4점을 내주며 경기는 순식간에 2 대 5가 되었다. 그럼 그렇지.

집에 와서 늦은 저녁을 먹고 청소기를 돌리는데 아내가 나를 보며 물었다. "LG 졌어?" "응." "한화는?" 나는 잠시 멈칫했지만, 그냥 이겼다고만 말했다. '아직 안 끝났는데 3점 차니 끝난 거나 다름없지 뭐. LG 트윈스도, 내 인생도.'라고 말할 기력은 남아 있지 않았기 때문이다.

그때 휴대전화가 울렸다. 지인에게서 LG 트윈스의 우승을

LG 트윈스 같은 세상

축하하는 카톡이 온 것이다. 순간 내 머릿속에 물음표 세 개와 느낌표 세 개가 떠올랐다. 떨리는 손으로 스코어보드를 확인했다. 9회 말 2사 상황에서 SSG 랜더스가 안타-홈런-볼넷-홈런으로 6 대 5 역전승을 거뒀다. 말하자면 강제 우승을 당한 것이다. 하지만 그러면 또 어떤가? LG 트윈스 우승! LG 트윈스 우승! LG 트윈스 우승!

끝까지 붙잡을 만한 무언가가 있느냐 없느냐

기쁨은 나누면 배가 된다고 했다. 야구 커뮤니티에서 사람들의 반응을 보며 키득거리는데 "드라마도 이렇게 쓰면 욕먹겠다."라는 댓글이 보였다. 그렇지, LG 트윈스 열성팬으로 유명한 김은희 작가님도 그 말에 동의하실 거다.

그런데 사실, 욕 좀 먹으면 어떤가? 중요한 건 욕을 먹느냐 아니냐가 아니라, 끝까지 붙잡을 만한 무언가—정확히 말하면, 끝까지 놓을 수 없는 무언가가 있느냐 없느냐일 테다.

그러니 내가 해야 할 일은 내가 쓰는 드라마—그것이 어떤 모양이든, 누구에게 무슨 욕을 먹든—를 사랑하는 일이었다. 시즌 마지막 경기에서 패하고 우승을 한 것도, 아쉽게 놓친 것도 아닌 어정쩡한 상황에서 머쓱하게 집으로 돌아가다가, 뒤늦게 SSG 랜더스의 역전 소식을 듣고 야구장으로 돌아와 우승 세리머니를 하는 바보 같은 팀을 내가 사랑하듯.

그렇게 생각하면 못 쓸 것이 없다.

일단 '쓰는'
문장들

모든 노력은 실현되는 것과는 무관하고, 많은 종류의
불가능성은 하나의 가능성을 담고 있다.

– 로베르트 발저, 『연필로 쓴 작은 글씨』[17]

이 책도 어느새 마지막이다. 그러니 스위스 작가 로베르트 발저의 이야기로 시작해 보자.

로베르트 발저. 수백 편의 글을 썼지만 살아서는 단 한 번도 주목받지 못한 비운의 작가. 평생 어느 곳에도 정작하시 못하다가 51세 나이에 스스로 정신병원에 들어가며 "나는 이곳에 글을 쓰기 위해서가 아니라 미치기 위해서 왔다."라고 말하던, 하지만 그곳에서조차 조끼 주머니 속에 늘 몽당연필 한 자루와 작게 자른 메모지들을 넣어 다니며 끊임없이 무언가를 끄적이지 않을 수 없던 남자. 그러다 "누군가가 자신을 보고 있다고 느끼면 마치 나쁜 짓이나 심지어는 부끄러운 짓을 하다가 들킨 사람처럼 언제나 부리나케 메모장을 주머니에 다시 감췄"[18]던 사람.

발저는 1956년 크리스마스 아침, 평소처럼 홀로 산책을 나섰고 다시는 돌아오지 못했다. 눈 속에 파묻힌 채 얼어붙은 그의 시체를 발견한 것은 강아지처럼 신나서 뛰어다니던 동네 아이들이었다.

메리 크리스마스, 미스터 발저.

실은 '결말'이라는 개념 자체도 좋아하지 않는다

처음엔 일종의 결산을 해야겠다고 생각했다. 지금까지 이 책을 읽어 준 독자들을 위한 일종의 보너스 페이지처럼, 지난 페이지를 돌아보며 이룬 것과 이루지 못한 것 혹은 잘된 것과 그렇지 못한 것들을 돌아보는 시간을 갖기. 말하자면 이런 식으로.

일단 '쓰는' 문장들

―첫 원고가 29년 만에 통합 우승을 한 LG 트윈스 이야기였는데, 끝에서 두 번째 원고가 2년 만에 정규 시즌 우승을 한 LG 트윈스 이야기였네요. 한때는 10년 동안 가을 야구는 구경도 못 한 팀이었지만 하핫, 상전벽해라고 할까요?

숫자의 중요성에 관해 말하는 장도 있었습니다. 그러니까 늘 너무 적은 숫자(돈)와 너무 많은 숫자(책)의 문제. 그러면서 올해는 책 500권을 줄이겠다는 다짐으로 끝맺었죠. 실제로 몇 달 만에 500권이 넘는 책을 버리긴 했는데, 결과적으로 그보다 더 많은 책을 샀다면 그것은 성공일까요, 실패일까요?

그간 책이건 음악이건 영화나 드라마건 너무 받아들이기만 했다는 반성과 함께, 무엇을 보고 듣고 읽었는지를 기록하는 대신 무엇을 쓰고 말하고 보여 주었는지를 기록하는 '산출 노트'라는 것을 쓰기 시작했다는 이야기도 있네요. 지금 생각해도 좋은 시도였어요. 계속 썼으면 더 좋았을 텐데.

책과의 관계도 바꿀 겸 공간도 정리할 겸 큰맘 먹고 북스캐너와 재단기를 사기도 했죠. 그냥 짐만 늘어났고, 스캔한 책을 읽겠다며 주문한 전자책 리더기는 만화책 전용 리더기가 되었지만요.

써야 했던 책이 네 권, 아니 다섯 권, 아니다 여섯 권이던가? 아무튼 그중에 완성한 건 한 권뿐이고, 한 권은 계약금을 물어 줘야 할 수도 있는 상황까지 몰렸으며, 이번엔 진짜 대박 아이템이라고 생각한 드라마 극본은 열흘 전에 최종적으로 엎어진 데다가, 그리고 또….

하지만 나는 이내 생각을 고쳐먹었는데, 내가 그런 식의 결론을 선호하지 않는 사람이라는 사실이 뒤늦게 떠올랐기 때문이다. 실은 '결말'이라는 개념 자체도 좋아하지 않는다. 미국 작가 리베카 솔닛이 『멀고도 가까운』(2013)에서 말한 것처럼.

> 우리가 도입부만 원한다면 어떻게 될까. 끝나지 않는 것, 자르지 않은 끈, 미완의 무엇, 열린 문, 탁 트인 바다의 불멸을 원한다면?[19]

내가 좋아하는 문장과 문장을 늘어놓는 것

대신 나는 이 책을 위해 엄선해 둔, 그러나 이런저런 상황과 그때그때의 변덕으로 쓰지 못한 문장 가운데 몇 개를 골라 나열해 보려 한다. 애써 정리한 게 아까워서는 아니고, 그것이 내가 글쓰기에서 가장 좋아하는 부분이기 때문이다. 내가 좋아하는 문장과 문장을 늘어놓는 것, 그리고 사이사이 나의 문장을 슬쩍 끼워 넣는 것.

아마 『Walks with Walser』(1957)를 쓴 카를 젤리히(나는 이 이

일단 '쓰는' 문장들

름을 에스파냐 영화감독 페드로 알모도바르의 저서 『마지막 꿈』(2023)에서 발견했는데, 알모도바르는 그것을 프랑스 작가 에마뉘엘 카레르의 『요가』(2020)에서 발견했다고 한다. 나는 『요가』를 읽었지만 그런 이름은 기억에 없다.)라면 그런 식으로는 죽었다 깨어나도 독창적인 작가는 될 수 없다고 말할지도 모르겠다. 젤리히는 이렇게 주장한다.

> 종이 몇 장을 꺼내 사흘 동안 계속 머리에 떠오르는 모든 것을 다 써 보기 바란다. 그 어떤 것도 절대 왜곡하지 말고, 위선 따윈 다 떨쳐 버려라. 자기 자신, 여인들, 튀르키예 전쟁, 괴테, 폰크 사건, 최후의 심판, 직장 상사에 대한 생각을 모두 써 보라. 그러면 사흘 후, 지금까지 한 번도 표현한 적이 없던 새로운 생각들이 얼마나 많이 떠올랐는지 확인하고 깜짝 놀랄 것이다. 그것이 사흘 만에 독창적인 작가가 되는 기술이다.
> – 페드로 알모도바르가 인용한 카를 젤리히의 말, 『마지막 꿈』[20]

확실히 사흘 동안 머리에 떠오르는 모든 것을 쓴다면 놀랍긴 할 듯하다. 지금까지 한 번도 의식한 적 없던 상투적인 생각이 내 안에 얼마나 많이 들었는지 확인하게 될 테니까. 물론 그렇게 하지 않는다고 해서 상투적인 생각들이 튀어나오지 않는다는 말은 전혀 아니지만.

하지만 어떤 작가나 예술가가 자신감과 자기
경멸 사이의 그 흔들리는 땅에 살지 않겠는가?

– 폴 오스터, 『바움가트너』[21]

알겠지만 보통 어떤 글이든 다 쓰고 나면
쓰레기라는 생각이 가장 먼저 들거든.

– 시그리드 누네즈가 인용한 수전 손태그의 말, 『우리가 사는 방식』[22]

정직한 비평은 받아들이기가 어렵다. 특히 친척,
친구, 아는 사람 또는 모르는 사람의 비평은 더욱.

– 윌리엄 에이커스가 인용한 프랭클린 P. 존스의 말, 『시나리오 이렇게
쓰지 마라!』[23]

"좋은"이란 말은 사람에게 할 수 있는 최대의 모욕이다

왜 어떤 작가들은 끊임없는 자기 경멸에 시달리면서도 계속해서 글을 쓰고, 괴로워하고, 또 글을 쓰고, 그러면서 끝끝내 다른 사람들 앞에 자신의 못남을 전시하는 걸까. 변태라서? 이건 내가 스스로에게 종종 던지는 질문인데, 아직 답을 찾진 못했다. 아마 앞으로도 못 찾겠지. 다만 조금 달라도 그 답에 가장 근접하지 않나, 느낀 순간은 있다. 박솔뫼의 소설 『우리의 사람들』(2021)에서 다음과 같은 구절을 보았을 때.

일단 '쓰는' 문장들

가끔 나는 친하지 않은 사람들에게 그러나 내가
좋아하는 사람들에게 폐를 끼치고 싶다고 생각한다.
저를 위해 무언가를 한순간 포기해 주십시오. 저의
고민을 떠안아 주십시오. 나 역시 아주 가끔 누군가의
불덩어리를 삼키고 싶다는 생각을 하기도 한다.
물론 곧 사라지는 생각이다. 그 때문에 나는 한동안
먼 곳으로 가야 할지도 모르고 누군가를 다시는
만나지 못할지도 모르고 그러나 그것을 어두운
마음 없이 받아들인다. 달리기를 하다 가끔 그런
생각을 하는데 걸을 때는 그런 생각이 더 자주 든다.
달릴 때는 그런 생각을 하다가도 힘이 들어서 아무
생각이 안 들 때가 더 많다. 하지만 갑자기 걸음을
멈추고 삼 년 동안 캐치볼을 해서는 안 돼요. 저는
미안하지 않습니다. 저는 당신에게 폐를 끼쳤습니다.
당신은 내가 헝클어뜨리고 부서뜨린 당신의 부분을
받아들이세요. 우리 서로 폐를 끼치는 사이가 됩시다.[24]

이해받고 싶은 마음, 때때로 그런 마음은 일방적일 수밖에
없고, 그래서 폐가 되지만, 세상에 이해받고 싶지 않은 사람도
있나? 하지만 이해는 화해와 다르고, 오해는 필연적이다. 그
러니 글을 쓰는 사람에게는 어느 정도 영국 록밴드 섹스피스
톨즈의 보컬 조니 로턴 같은 태도가 필요할지 모른다(사실 박솔

뫼의 저 말 자체가 이미 '펑크'이긴 하다).

> 나는 어정쩡하게 괜찮다거나 좋기보다는 차라리
> 증오받거나 사랑받는 사람이 되고 싶다. "좋은"이란
> 말은 사람에게 할 수 있는 최대의 모욕이다. 이는
> 당신이 전혀 위협적이지 않고 무가치하다는 것을
> 의미한다. 좋다는 것은 그저 상투적일 뿐이다.
>
> – 존 라이든, 『섹스피스톨즈 조니 로턴』[25]

그러니 일단은 써야 한다

내 아이는 봄부터 12월이 오기만을 애타게 기다려 왔다. 본인의 생일이 있기 때문이다. 이제 만으로 일곱 살이 되는 아이는 최근 작은 출판사를 차렸다. 8절지를 접고 자르고 붙여서 16쪽, 혹은 두 개를 이어 붙여 32쪽짜리 책을 전문으로 만드는 출판사로 『얼렁뚱땅 토끼의 여행기』, 『사라진 매직 냥냥족』, 『냥냥 셜록 홈스의 모험!』 등 벌써 열 권이 넘는 책을 출간하며 의욕적인 행보를 이어 가고 있다.

책 형태 외에도 8절지를 앞뒤로 활용한 연재만화를 외부 작가와 함께 작업하기도 하는데, UFO에 납치되어 초능력을

얻게 된 '냥이'가 '냥냥이 행성'에 떨어져 '악마냥'의 침공으로부터 그들을 구해 낸다는 이야기다. 제목은 'Wow! 판타스틱 냥'. 공동 작업자에게 원고를 독촉하는 능력이 특히 뛰어나서, 주말이면 다음 화는 언제 그릴 거냐는 재촉에 귀가 따가울 정도다. 하지만 좀처럼 다음 이야기가 떠오르지 않고, 이 핑계 저 핑계를 대며 마감을 미루던 내게 아이는 이렇게 말했다.

- 아빠, 『Wow! 판타스틱냥』 몇 화까지 그렸지?

- 7화인가? 8화?

- 맞아. 8화 마저 그리자.

- 그래, 오늘은 말고.

- 아빠, 전에 내가 뭐라고 그랬지?

- 뭘???

- 내용이 꼭 이어질 필요는 없다.

- 아….

그래. 내용이 꼭 이어질 필요는 없고, 때로는 진혀 이어질 듯하지 않던 것들이 스스로 이어지기도 한다. 그러니 일단은 써야 한다, 무엇이 되건 어디로 이어지건. 그것이 멍멍냥냥출판사의 대표님이 내게 준 교훈이다.

감사의 말

책이 나올 때마다 고마운 사람들이 늘어난다. 늘 믿고 응원해 주는 가족들, 여전히 나를 친구라고 생각해 주는 친구들, 이 책을 쓰도록(쓰는 걸 미루도록) 도와준 모든 책의 작가들. 매번 마감에 늦는 원고를 기다려 준 첫 번째 독자인《독서평설》남궁경원 편집자와 매달의 원고들을 한 권의 책으로 묶어 준 북트리거 원동민 편집자에게 각별한 감사를 전한다. 이 책을 읽어 준 당신에게도. 꾸미는 말이 모두 '-주는'과 '-준'으로 끝나는 걸 보면, 내가 참 많이 받았구나 싶다.

글쓰기 싫을 때마다 들춰 본 책들

들어가며

1. 금정연, 『실패를 모르는 멋진 문장들』(어크로스, 2017), 9쪽

2. 스티븐 프레스필드, 송은혜 옮김, 『더 피어오르기 위한 전쟁』(인간희극, 2025), 9쪽

3. 스즈키 유이, 이지수 옮김, 『괴테는 모든 것을 말했다』(리프, 2025), 117쪽

4. 이승훈, 『이승훈의 현대회화 읽기』(천년의시작, 2005), 4쪽

5. 이승훈, 『현대비평이론』(태학사, 2001), 4쪽

1부. 사는 건 어렵다

1. 레너드 코페트, 이종남 옮김, 『야구란 무엇인가』(민음인, 2009), 23쪽

2. 대니 샤피로, 한유주 옮김, 『계속 쓰기』(마티, 2022), 11쪽

3. 강보원, 『에세이의 준비』(민음사, 2024), 111쪽

4. 테스 윌킨슨 라이언, 김하린 옮김, 『호구의 심리학』(한문화, 2024), 22쪽

5. 무라카미 류, 권남희 옮김, 『고흐가 왜 귀를 잘랐는지 아는가』(창공사, 1997), 260쪽

6. 마르그리트 뒤라스, 고종석 옮김, 『이게 다예요』(문학동네, 1996), 49쪽

7. 리디아 데이비스, 서제인 옮김, 『형식과 영향력』(에트르, 2024), 153쪽

8. 브라이언 클라스, 김문주 옮김,『어떤 일은 그냥 벌어진다』(웅진지식하우스, 2024), 38쪽

9. 조지 오웰, 허진 옮김,『조지 오웰 산문선』(열린책들, 2020), 103~104쪽

10. 대니 샤피로, 앞의 책, 145~146쪽

11. 브라이언 클라스, 앞의 책, 80~81쪽

12. 강민선,『당신을 기억할 무언가』(임시제본소, 2025), 121쪽

13. 린다 시거, 윤태현 옮김,『시나리오 거듭나기』(시나리오친구들, 2001), 24쪽

14. 매튜 맥커너히, 윤철희 옮김,『그린라이트』(아웃사이트, 2022), 147쪽

15. 매튜 페리, 송예슬 옮김,『친구와 연인, 그리고 무시무시한 그것』(복복서가, 2024), 29쪽

2부. 쓰는 것도 어렵다

1. 프란츠 카프카, 서용좌 옮김,『행복한 불행한 이에게』(솔출판사, 2004), 60쪽

2. 대니 샤피로, 앞의 책, 145쪽

3. 니콜러스 로일, 오문석 옮김,『자크 데리다의 유령들』(앨피, 2007), 221쪽

4. 제롬 데이비드 샐린저, 이덕형 옮김,『호밀밭의 파수꾼』(문예출판사, 2025), 34~35쪽

5. 세르게이 도블라토프, 김현정 옮김,『우리들의』(지식을만드는지식, 2009), 210쪽

6. 롤랑 바르트, 변광배 옮김,『롤랑 바르트, 마지막 강의』(민음사, 2015), 56쪽

7. 롤랑 바르트, 김진영 옮김,『애도 일기』(걷는나무, 2018), 254쪽

8. 버지니아 울프, 박희진 옮김,『어느 작가의 일기』(이후, 2009), 654쪽

9. 더글러스 애덤스·마크 카워딘, 강수정 옮김,『마지막 기회라니?』(홍시, 2010), 39~40쪽

10. 더글러스 애덤스·마크 카워딘, 위의 책, 44~45쪽

11. 버지니아 울프, 앞의 책, 478쪽

12. 버지니아 울프, 위의 책, 469쪽

13. 버지니아 울프, 위의 책, 451쪽

14. 버지니아 울프, 위의 책, 354쪽

15. 버지니아 울프, 위의 책, 69쪽

16. 아트 마크먼, 김태훈 옮김,『원하는 것을 얻는 습관 바꾸기 기술』(한국경제신문, 2018), 128쪽

17. R. A. 디키·웨인 코피, 이재석 옮김,『어디서 공을 던지더라도』(팝프레스, 2013), 481쪽

18. 조지 손더스, 정영목 옮김,『작가는 어떻게 읽는가』(어크로스, 2023), 258쪽

19. 피터 엘보, 한진영 옮김,『글쓰기를 배우지 않기』(페르아미카실렌티아루네, 2024), 118쪽

20. 시그리드 누네즈, 공경희 옮김,『친구』(열린책들, 2021), 11쪽

21. 테오도르 칼리파티데스, 신견식 옮김,『다시 쓸 수 있을까』(어크로스, 2019), 15쪽

22. 정서경,『나의 첫 시나리오』(돌고래, 2024), 13쪽

23. 스티븐 킹, 김진준 옮김,『유혹하는 글쓰기』(김영사, 2017), 182쪽

3부. 어쩌긴 뭘 어째, 계속...

1. J. K. 롤링, 강동혁 옮김,『해리 포터와 불의 잔 2』(문학수첩, 2019), 206쪽

2. J. K. 롤링, 강동혁 옮김,『해리 포터와 죽음의 성물 2』(문학수첩, 2020), 61쪽

3. G. K. 체스터턴,「욥기 서론: 죽어야 사는 사람」, https://cairos.tistory.com/m/215 [접속일: 2026.2.12.]

후주

4.   금정연, 『서서비행』(마티, 2012), 20쪽

5.   브라이언 딜런, 김정아 옮김, 『에세이즘』(카라칼, 2023), 222쪽

6.   데버라 리비, 이예원 옮김, 『알고 싶지 않은 것들』(플레이타임, 2018), 8쪽

7.   로베르토 볼라뇨, 박세형 옮김, 『전화』(열린책들, 2010), 266쪽

8.   애덤 바일스, 정혜윤 옮김, 『소설을 쓸 때 내가 생각하는 것들』(열린책들, 2025), 80쪽

9.   금정연, 앞의 책, 20쪽

10.   V. F. 퍼킨스, 임재철 옮김, 『영화로서의 영화』(이모션북스, 2025), 308쪽

11.   금정연 외 7인, 『책에 대한 책에 대한 책』(편않, 2023), 15쪽

12.   커트 보니것, 황유원 옮김, 『챔피언들의 아침 식사』(문학동네, 2025), 22쪽

13.   찰스 부코스키, 석기용 옮김, 『팩토텀』(문학동네, 2007), 68쪽

14.   커트 보니것, 앞의 책, 65쪽

15.   커트 보니것, 위의 책, 145쪽

16.   마크 오코널, 이한음 옮김, 『종말을 준비하는 사람들』(열린책들, 2024), 27쪽

17.   로베르트 발저, 안미현 옮김, 『연필로 쓴 작은 글씨』(문학동네, 2023), 13쪽

18.   W. G. 제발트, 이경진 옮김, 『전원에 머문 날들』(문학동네, 2021), 9쪽

19.   리베카 솔닛, 김현우 옮김, 『멀고도 가까운』(반비, 2016), 363쪽

20.   페드로 알모도바르, 엄지영 옮김, 『마지막 꿈』(알마, 2025), 272쪽

21.   폴 오스터, 정영목 옮김, 『바움가트너』(열린책들, 2025), 63쪽

22.   시그리드 누네즈, 홍한별 옮김, 『우리가 사는 방식』(코쿤북스, 2021), 87쪽

23.   윌리엄 에이커스, 구정아·김영덕 옮김, 『시나리오 이렇게 쓰지 마라!』(서해문집, 2011), 8쪽

24.   박솔뫼, 『우리의 사람들』(창비, 2021), 76쪽

25.   존 라이든, 정호영 옮김, 『섹스피스톨즈 조니 로턴』(푸른미디어, 2001), 339쪽

글쓰기 싫을 때 읽는 책

마감과 고갈 사이에서 건진 스물네 개의 문장들

1판 1쇄 발행일 2026년 3월 25일

지은이 금정연
펴낸이 권준구 | **펴낸곳** (주)지학사
편집장 김지영 | **편집** 공승현 명준성 원동민
책임편집 원동민
디자인 정은경디자인
마케팅 송성만 손정빈 윤술옥 이채영 | **제작** 김현정 이진형 강석준 오지형
등록 2017년 2월 9일(제2017-000034호) | **주소** 서울시 마포구 신촌로6길 5
전화 02.330.5265 | **팩스** 02.3141.4488 | **이메일** booktrigger@naver.com
홈페이지 www.jihak.co.kr/book-trigger | **블로그** blog.naver.com/booktrigger
페이스북 www.facebook.com/booktrigger | **인스타그램** @booktrigger

ISBN 979-11-93378-99-1 (03810)

북트리거

트리거(trigger)는 '방아쇠, 계기, 유인, 자극'을 뜻합니다.
북트리거는 나와 사물, 이웃과 세상을 바라보는 시선에 신선한 자극을 주는 책을 펴냅니다.